Nuevos
Horizontes

Nuevos Horizontes

Cuentos chicanos, puertorriqueños y cubanos

José B. Fernández
University of Colorado at Colorado Springs

Nasario García
University of Southern Colorado

D. C. HEATH AND COMPANY
Lexington, Massachusetts   Toronto

All the selections are reprinted with permission by the respective
authors.

Photograph Credits:

Courtesy, Nasario García: pp. 99. 135; Courtesy, Fairchild Aerial
Surveys: p. 53; Owen Franken: pp. 107, 125; Magnum/ © Sergio
Larrain: p. 117; Peter Menzel: pp. iii, 1, 13, 21, 37, 43, 67, 83, 91;
Courtesy, United Fruit Company: p. 75; Courtesy, Jackson Cravens: p.
29; Other photographs courtesy of the respective authors.

Published simultaneously in Canada.

Printed in the United States of America.

International Standard Book Number: 0–669–04335–4

Library of Congress Catalog Card Number: 81–80509

Para
Denyse y Rosalía
y
Michele y Raquel

Preface

Nuevos Horizontes is an intermediate reader designed for students who possess an elementary knowledge of Spanish and who wish to increase their reading, speaking, and writing skills. This reader may also be suitable for courses in bilingual education and for ethnic and interdisciplinary programs.

Nuevos Horizontes contains eighteen short stories by Chicano, Puerto Rican, and Cuban writers who have contributed substantially to creating an awareness of Hispano literature in the United States. The stories are written by writers who were either born, are presently living, or once lived in the United States. Thus, the selections present a cross section of experiences that undoubtedly will appeal to intermediate students and give them the opportunity to learn something about these three major ethnic groups.

The selections in *Nuevos Horizontes* deal with such universal themes as love, innocence, death, and poverty. However, the background of each selection adds a distinct flavor. Consequently, students will be able to perceive cultural similarities as well as differences among Cubans, Puerto Ricans, and Chicanos that go beyond Spanish, the common language.

We would like to express our sincere appreciation to Professors Manuel F. Vega, United States Air Force Academy; Hildebrando Villarreal, California State University at Los Angeles; and Eduardo Zayas-Bazán, East Tennessee State University, for their excellent suggestions in reviewing the manuscript. Our special thanks to Dean James A. Null, University of Colorado at Colorado Springs, for his genuine interest in our project; to Jan M. Smith-García for her invaluable suggestions that helped shape the quality of the manuscript; and to Teresita C. Fernández for her encouragement and support. A debt of gratitude is also due Albert R. Lopes, Professor Emeritus, University of New Mexico, for reading the final version of our manuscript; and to the members of the Modern Language staff of D. C. Heath and Company.

José B. Fernández
Nasario García

Contents

Introduction

To the Instructor:

The stories in *Nuevos Horizontes* basically are arranged by level of difficulty, taking into account content, structure, and language usage. For those classes that wish to deal with specific ethnic groups, the following lists of the stories, also arranged by level of difficulty, will be helpful:

Chicano

"Se fue por clavos" by Sabine R. Ulibarrí
"¿Don?" by Sylvia S. Lizárraga
"Eva y Daniel" by Tomás Rivera
"Entró y se sentó" by Rosaura Sánchez
"Cajas de cartón" by Francisco Jiménez
"Con el pie en el estribo" by Rolando R. Hinojosa-Smith

Puerto Rican

"El adversario" by Olga Ramírez de Arellano
"En el fondo del caño hay un negrito" by José Luis González
"Entre músicos" by Wilfredo Braschi
"El fraude" by Marigloria Palma
"Santa Clo va a La Cuchilla" by Abelardo Díaz Alfaro
"Campeones" by Pedro Juan Soto

Cuban

"Aventuras de Coquito" by José Sánchez-Boudy
"La carga de los 74" by Celedonio González
"Entre juegos" by Roberto G. Fernández
"Siete pesos" by Manuel Rodríguez Mancebo
"El nido en el avión" by Enrique Labrador Ruiz
"Por qué cundió brujería mala" by Lydia Cabrera

Each chapter of the book includes the following elements:

Biographical Sketch

Each story is preceded by a photograph and a biographical note on the author, underscoring his or her contribution to the literary scene.

Reading Selections

The selections included in the text rank among the most representative of the three ethnic groups. Each one has been chosen for its thematic content, language usage, structural complexity, and length. The stories appear in their entirety, as written.

Marginal Notes

The notes consist of English definitions for words considered difficult for the student at the intermediate level, especially where terms may reflect cultural or linguistic traits of Chicanos, Puerto Ricans, or Cubans that differ from traditional or standard connotations. Words are glossed only once unless they reappear with a different connotation in the same or any subsequent story.

Footnotes

The footnotes provide explanation of idiomatic usage and modes of expression that often reflect the ethnic background of the three Hispanic groups.

Exercises

The exercises following each story stress the use of language through vocabulary expansion, reading comprehension, conversation, and composition. The student is encouraged to complete the exercises in sequence. They are as follows:

1. *Practiquemos el vocabulario:* a series of sentence-completion exercises preceded by a group of key words extracted from the story. The sentences do not necessarily reflect the contents of the story so that the student will use the vocabulary in different situations. The selected words range from the practical and standard to those that may be indigenous to, and characteristic of, the Cuban, Chicano, or Puerto Rican lexicon.

2. *Preguntas:* consists of fifteen questions based specifically on the contents of the story to test the student's recall of events and details that will be needed later for conversation or discussion.

3. *Preguntas personales:* either oral or written, more closely linked to the student's personal experiences and subjective interpretation of the characters and events in the stories. For example, in some instances students will be asked how they would react in circumstances similar to those presented in the story. This kind of interaction provides numerous opportunities for self-expression and improves reading comprehension and vocabulary expansion.

4. *Composición dirigida:* aims primarily at developing students' writing skills. It consists of a theme, based directly or indirectly on the story, and a guiding outline. By following the outline, students will be able to improve their writing skills and to organize their ideas in a more logical and cohesive manner.

The outline includes an *introducción,* a *desarrollo,* and a *conclusión.* The student is advised to follow the sequence step by step to achieve maximum results. The suggestions in each of the three segments contain questions or statements that are both thought-provoking and general in nature. Although the primary objective of the *composiciones dirigidas* is composition, due to the structure and nature of the questions, they are also suitable for conversation and class debate.

Appendix

Nuevos Horizontes also contains an appendix, *Modismos comunes y expresiones útiles,* that includes common and useful idiomatic expressions usually learned in first-year Spanish courses. These expressions are listed separately for easy reference, since they do not appear in the marginal notes, footnotes, or the vocabulary.

Vocabulario

The book concludes with a Spanish-English vocabulary that lists words appearing in the stories, defined according to their contextual usage. Terms and expressions characteristic to each of the three ethnic groups are marked *Ch.* for Chicano, *C.* for Cuban, and *P.R.* for Puerto Rican.

Nuevos
Horizontes

Se fue por clavos

Sabine R. Ulibarrí

Sabine R. Ulibarrí Es en la figura de Sabine Ulibarrí donde hallamos a uno de los verdaderos maestros del cuento costumbrista chicano. Nacido en Tierra Amarilla, Nuevo México en 1919, Sabine Ulibarrí pasó la niñez en su pueblo natal. Durante la segunda guerra mundial, se distinguió como aviador en la fuerza aérea norteamericana

Después de su servicio en la fuerza aérea, Sabine Ulibarrí hizo estudios de bachillerato y maestría en la Universidad de Nuevo México y luego obtuvo su Doctorado en Filosofía y Letras de la Universidad de California, Los Angeles.

Además de haber publicado libros de texto y crítica literaria, el conocido profesor ha cultivado el cuento y la poesía con gran éxito. Sus cuentos han sido publicados en dos libros: *Tierra Amarilla* (1964) y *Mi abuela fumaba puros* (1977). Dentro de poco publicará una nueva colección de cuentos para niños. En el género poético ha publicado *Al cielo se sube a pie* (1966) y *Amor y Ecuador* (1966).

El profesor Ulibarrí es jefe del departamento de idiomas de la Universidad de Nuevo México, puesto que ha ocupado desde 1973.

Estaba Roberto martillando° en el portal,° clava que clava.[1] Rezonga que rezonga.[2] Sentía una honda inquietud.° Ganas de salir a andar por esos mundos otra vez. Ya hacía mucho que había levantado ancla.[3] Ya era hora de soltar chancla.[4]

Roberto había estado en la marina° durante la guerra y había recorrido mucho mundo. Después de la guerra no podía echar raíces[5] en ninguna parte. Parecía que sus aventuras y experiencias por el planeta lo habían dejado con una ansia° constante de nuevos horizontes. Después de muchas andanzas° por fin volvió a Tierra Amarilla. Creo que la falta de fondos° influyó más que el sentimiento en su regreso.

Todos nosotros encantados con el hermano errante. Él con sus risas, chistes,° bromas° y sus cuentos de tierras lejanas y gentes extrañas nos divertía y entretenía. Vivía con mi hermana Carmen y su esposo.

hammering / porch

restlessness

navy

longing

wanderings
money

jokes / pranks

---

[1] **clava que clava:** hammering like mad
[2] **Rezonga que rezonga:** Grumbling like mad
[3] **Ya...ancla:** It had been a long time since he had weighed anchor
[4] **Ya...chancla:** It was now time to cast a shoe
[5] **no...raíces:** he couldn't settle down

Los martillazos se ponían cada vez más[6] violentos. Las murmuraciones aumentaban. El desasosiego° crecía. De pronto, silencio. El martillo se quedó suspenso en el aire. Él pensativo.° Luego, bajó de la escalera, alzó° la herramienta,° se quitó los guantes y los alzó con cuidado y se presentó en la puerta.

°restlessness

°thoughtful / he raised / tool

—Carmen, se me acabaron los clavos.[7] Voy al pueblo a traer. Pronto vuelvo.

—Bueno, hermanito. Le dices a Eduardo que traiga carne para la cena.

Caminaba despacio. Iba pensando que tenía que salir de allí. ¿Pero cómo? Le daba pena[8] pedirle dinero a su cuñado.° Él nunca pedía dinero a nadie. Cuando tenía lo prestaba al que se lo pidiera.[9]

°brother-in-law

Compró los clavos en la tienda de don Gorgonio y entró en el café a ver si se distraía. Allí encontró a Horacio.

—¿Qué hay, Roberto?

—Así nomás.[10]

—¿Qué estás haciendo hoy?

—Nada, como ayer.

—¿Por qué no vas conmigo a Española? Tengo que ir a traer un motor para el tractor. Volvemos esta misma tarde. Y a propósito, aquí están los diez que te debo.

—Bueno, vamos. A ver qué vientos nos dan.[11]

Roberto le entregó los clavos a Félix y le dijo que al regreso los recogería. El billete de a diez le daba una extraña sensación de seguridad. Casi, casi lo podía sentir vibrar en el bolsillo. Hacía tanto tiempo.[12] Se preguntaba, "¿Me lanzo[13] con sólo diez? Otras veces he salido sin nada." Estas cavilaciones° le embargaban el pensamiento[14] y lo mantuvieron un poco más reservado que de costumbre durante el viaje a Española.

°speculations

Horacio y Roberto entraron en una cantina a echarse una cerveza.[15] Allí estaba Facundo Martínez.

—Roberto, qué gusto de verte. Qué bueno que vinieras. Ahora te pago lo que te debo.

---

[6] **Los...más:** The hammering was becoming more and more
[7] **se...clavos:** I ran out of nails
[8] **Le daba pena:** It bothered him
[9] **lo...pidiera:** he would loan it to whomever would ask him for it
[10] **Así nomás:** So-so
[11] **A...dan:** Let's see what happens
[12] **Hacía tanto tiempo:** It had been such a long time
[13] **Me lanzo:** Shall I take off
[14] **le...pensamiento:** took possession of his thoughts
[15] **echarse una cerveza:** to have a beer

—¿Qué hubo, compañero?[16]

—Te debo sesenta y tres dólares, pero te voy a dar setenta y tres por haber esperado tanto.

—Debería decirte que no, pero en este momento los setenta y tres me caen como del cielo.[17]

Otra vez las ansias. Los ochenta y tres le quemaban el bolsillo.[18] Pero no, tenía que terminar el portal. Tal vez después.

Roberto entró en mi casa en Albuquerque como siempre entraba, como un terremoto.° Abrazos, dichos,° risotadas.° earthquake / witty remarks / laughter

—Qué bien que hayas venido, Roberto. Me acaban de pagar el último plazo° por el terreno de Las Nutrias que vendimos. Aquí tengo tu parte. installment

—¡Lindo, hermano, lindo! ¡Qué venga la plata;° que yo sabré qué hacer con ella! money

Se despidió de nosotros con prisa,[19] porque, dijo, tenía que terminar un portal.

Hubo quien preguntara por Roberto a Carmen.[20] Ella les contestaba, "Se fue por clavos."

Roberto volvió ya oscuro.° Entró en la casa con el barullo° de siempre. Bailando con Carmen. Luchando con Eduardo. Dulces° y besos para los niños. dark / uproar
Candy

—Carmen, aquí están los clavos.

—Sinvergüenza,° ¿por qué te tardaste tanto? Scoundrel

—Hermanita, me entretuve un rato[21] con los amigos.

—Entretenerse un rato está bien. Todos lo hacen, pero nadie como tú. Si me fío de ti,[22] se cae el portal.

—Hermanita, no es para tanto.[23]

—¡Qué hermanita, ni qué hermanita! Te fuiste por clavos y volviste después de cuatro años. ¿Te parece poco?[24]

Ahora, en la familia, cuando alguien pregunta por Roberto, todos decimos, "Se fue por clavos."

Sabine R. Ulibarrí

---

[16] **¿Qué hubo, compañero?:** Hi there, pal
[17] **me...cielo:** they come as a gift from heaven
[18] **le...bolsillo:** were burning a hole in his pocket
[19] **Se...prisa:** He said goodbye to us in a hurry
[20] **Hubo...Carmen:** There were those who would ask Carmen about Robert
[21] **me...rato:** I got tied up a while
[22] **Si...ti:** If I depend on you
[23] **no...tanto:** it isn't that bad
[24] **¿Te parece poco?:** Isn't that enough?

▶ Practiquemos el vocabulario

Escoja el vocablo apropiado para cada frase:

barullo	bromas	plazo	clavos
cerveza	cavilaciones	martillo	dulces
marina	terremoto	plata	cuñado

1. Roberto, como carpintero, clava con un _____.
2. Compró los _____ en la tienda.
3. El esposo de mi hermana es mi _____.
4. Bebi una _____ en la cantina.
5. No me gustan esas _____ o risotadas.
6. Esas _____ le embargaban el pensamiento.
7. Ayer pagué el último _____ por el carro.
8. Yo estuve en la _____ durante la guerra.
9. A los niños les gustan mucho los _____.
10. Roberto siempre entra en casa como un _____.

▶ Preguntas

1. ¿Quién es y de dónde es Roberto?
2. ¿Por qué sentía Roberto una honda inquietud?
3. ¿Dónde había estado Roberto durante la guerra?
4. ¿Por qué no había podido echar raíces?
5. ¿Con quiénes vivía Roberto en su pueblo?
6. ¿Qué compró Roberto en la tienda de don Gorgonio?
7. ¿Con quién se encontró Roberto en el café?
8. ¿Cómo se sintió Roberto después que Horacio le pagó?
9. ¿Con quién se encontró Roberto en la cantina?
10. ¿Qué hizo Roberto con todo el dinero que le pagaron?
11. ¿Tardó mucho tiempo Roberto en volver a casa?
12. ¿Qué les dio Roberto a los niños cuando regresó?
13. ¿Por fin terminó Roberto el portal de su hermana?
14. ¿Cuál fue la reacción de la familia cuando Roberto regresó?
15. ¿Cuál es el significado del título del cuento?

▶ Preguntas personales

1. ¿Cree Ud. que Roberto es una persona responsable?
2. ¿Piensa Ud. que los familiares de Roberto son comprensivos? Explique.
3. ¿Cree Ud. que lo que necesita Roberto es casarse?
4. ¿Le gustaría a Ud. vivir en casa de algunos parientes suyos?
5. ¿Cómo reaccionaría Ud. si tuviera un hermano parecido a Roberto?
6. ¿Cómo se distrae Ud. los fines de semana? Explique.
7. Si Ud. tuviera dinero, ¿saldría a andar por esos mundos o echaría raíces?
8. ¿En qué se parece Ud. a Roberto? Explique.

▶ Composición dirigida

Trate Ud. de interpretar en un breve ensayo la personalidad de Roberto. Los temas y el modelo que siguen son para ayudarle en la tarea.

Título: Roberto, un ser alegre o un irresponsable

I. *Introducción*
   A. ¿Cómo es el ambiente donde vive Roberto?
   B. ¿Le gusta ese tipo de vida a Roberto?
   C. ¿Cómo es la familia de Roberto?

II. *Desarrollo*
   A. Describa Ud. los aspectos positivos de la vida de Roberto
   B. Describa Ud. los aspectos negativos de la vida de Roberto

III. *Conclusión*
   A. El comportamiento general de Roberto
   B. El futuro de Roberto
   C. Sus comentarios personales sobre Roberto

¿Don?

Sylvia S. Lizárraga

Sylvia S. Lizárraga Nació en Mazatlán, México en 1925, pero desde muy joven se trasladó a los Estados Unidos, país donde reside en la actualidad.

En 1969, gracias a las oportunidades brindadas por el movimiento chicano, Sylvia S. Lizárraga emprendió sus estudios universitarios, y más tarde, en 1979, obtuvo el Doctorado en Filosofía y Letras de la Universidad de California, San Diego.

Esta escritora chicana se ha mantenido activa en el campo de la literatura, escribiendo cuentos para distintas revistas literarias.

Hoy día, Sylvia S. Lizárraga es profesora de estudios chicanos en la Universidad de California, Berkeley.

¿Cuándo habría sido la primera vez que me había dado cuenta de que tenía el don° de hacerme invisible? Sé que fue don porque no empezó poco a poco y se fue haciendo cada vez más[1] perfecto; nomás° me hacía invisible de repente, y bien invisible. Era como si me borrara,[2] o ¿sería como si me borraran? No sé. Lo único que sé es que yo estaba ahí; yo sabía que yo estaba ahí; yo sabía que yo estaba ahí, pero nadie me veía. Me acuerdo aquella vez cuando mi mamá me mandó a pedirle a don Tacho, el señor que traía hilos,° botones, listones° y encajitos° a vendernos al fil,° que le fiara[3] unas agujas° y un carrete° de hilo. Mi mamá se había ido tempranito a trabajar y me había dejado a mi con el encargo° porque necesitaba mucho el hilo. Yo llegué donde don Tacho había abierto su cajón° con todas sus cosas tan bonitas y esperé mi turno, porque había muchas señoras comprando. Cuando me tocó acercarme[4] le dije que mi mamá quería esas cosas y se

ability

nada más just

thread
ribbons / laces / **terreno**
field / needles
spool
errand

box

---

[1] **se...más:** it became more and more
[2] **Era...borrara:** It was as if I erased myself
[3] **que le fiara:** to sell to her on credit
[4] **Cuando...acercarme:** When it was my turn

las pagaría la semana entrante.° Él conocía bien a mi·mamá   next
y a mí también porque yo siempre iba con ella cuando le
compraba. Después de que hablé, don Tacho nomás le dijo
al que estaba detrás de mí que qué iba a llevar[5] y a mí ni me
vio. No me vio. Estoy segura que no me vio, porque ahí me
quedé el resto de la tarde esperando que se desocupara de
los clientes,[6] pero cuando ya no hubo nadie nomás cerró su
cajón y se fue. Y yo me quedé ahí parada° sabiendo que don   standing
Tacho no me podía ver.

 Y luego aquella otra vez que sentí bien fuerte que me había
vuelto invisible de repente fue cuando fuimos mi amiga Teresa
y yo a ver a una señora importantísima que nos iba a ayudar
para que entráramos a la escuela. Llegamos muy contentas
y tocamos la puerta. La señora abrió y saludó a Teresa y
pasamos a la sala. Se llamaba Mrs. Greene, y era tan educada
y tan amable. Luego luego se le notaba[7] a la Mrs. Greene que
sabía mucho. Le hizo muchas preguntas a Teresa, y yo ahí
por un lado,[8] esperando que se dirigiera a mí,[9] pensado en
lo que yo le iba a contestar. Platicó mucho, como° una hora;   about
hablaba de la importancia de la educación y de cómo ella se
había educado con su propio esfuerzo° y nadie le había ayu-   effort
dado. Ella solita° trabajó y averiguó cómo aprender a estudiar   all by herself
y nadie la enseñó; y nos repetía, *Todo mundo puede hacerlo como
yo lo hice.* Después apuntó el nombre de Teresa en una lista
y se levantó y se fue hacia la puerta. Teresa y yo la seguimos.
Se despidió viendo fijamente a Teresa como lo había estado
haciendo toda la hora y cerró la puerta sonriente.° Ya en el   smiling
camino, Teresa y yo íbamos haciendo planes de cuando
fuéramos a la escuela; íbamos muy contentas, aunque yo
siempre pensaba por dentro.[10] ¿Cómo le haría la Mrs. Greene
para no verme? Toda la hora hablando con la mirada fija[11] en
Teresa y yo por un lado sin despegarle la vista,[12] pero ni una
sola vez se dio cuenta de que yo estaba ahí. Estoy segura que
no me pudo ver porque ni una sola vez volteó° para donde   did she turn around
yo estaba. Y luego había sido tan buena, había contado de
tantas personas que ella había aconsejado para que se edu-
caran; y yo había estado oyendo y viendo aunque ella no
hubiera podido verme a mí.

---

[5] **que...llevar:** what was he going to take (buy)
[6] **esperando...clientes:** waiting for him to finish with his customers
[7] **Luego...notaba:** Very quickly one could notice
[8] **por un lado:** on one side
[9] **esperando...mí:** waiting for her to address me
[10] **yo...dentro:** I always thought to myself
[11] **con...fija:** with her eyes fixed
[12] **sin...vista:** without taking my eyes off her

Siempre que no pueden verme me siento algo rara,° como ——strange
que algo me falta.[13] Aunque no sé qué será. Lo único que sé
es que algo me ha de faltar,[14] porque aunque yo me veo—y
veo a todas las personas con las que estoy—ellas no me pueden ver a mí. Y a veces pienso, ¿Sentirán algo raro ellas también cuando no pueden verme? ¿Sentirán el *no* verme? o soy
yo nomás la que siento porque yo sé que estoy ahí; porque
estoy ahí, ¿verdad?

Sylvia S. Lizárraga

▶ Practiquemos el vocabulario

Complete las frases con la forma correcta de los siguientes vocablos:

cajón	cliente	raro	entrante
encargo	hilo	don	esfuerzo
botones	sonriente	aguja	puerta

1. Usamos una _____ para coser.
2. Esta camisa tiene cinco _____ .
3. María se sentía algo _____ entre tanta gente.
4. Los _____ esperaban al vendedor.
5. La semana _____ visitaré a mis padres.
6. Yo no tengo el _____ de hacerme invisible.
7. _____ , la muchacha se despidió de nosotros.
8. Traigo un _____ para el señor García.
9. Guardé mis cosas en un _____ .
10. Compré un carrete de _____ para mi mamá.

▶ Preguntas

1. ¿Quién es la protagonista en este cuento?
2. ¿Cuándo supo ella que tenía el don de hacerse invisible?
3. ¿Quién es don Tacho?
4. ¿Qué encargo le había dado la madre de la protagonista a ella?
5. ¿Conocía don Tacho a la protagonista?

---

[13] **como...falta:** as though I'm lacking something
[14] **algo...faltar:** I must be lacking something

6. ¿Por qué no la atendió don Tacho?
7. ¿Quién es Teresa en el cuentro?
8. ¿Quién es Mrs. Greene y por qué la fueron a ver Teresa y la protagonista?
9. ¿De qué habló Mrs. Greene?
10. ¿De quién apuntó el nombre en una lista Mrs. Greene?
11. ¿Qué planes tenían Teresa y la protagonista?
12. ¿Cómo estaba segura la protagonista que Mrs. Greene no la había visto?
13. ¿Cómo se siente la protagonista cuando no la pueden ver?
14. ¿En qué otra cosa piensa ella a veces?
15. ¿Cómo termina el cuento?

▶ Preguntas personales

1. ¿Cree Ud. que la protagonista tenía el don de hacerse invisible o era que la gente la ignoraba? Explique.
2. Si Ud. es de la opinión de que las personas la ignoraban, ¿por qué cree Ud. que lo hacían?
3. ¿Piensa Ud. que la protagonista es una niña, una joven o una mujer? Dé sus razones.
4. ¿Cree Ud. que este cuento es misterioso o psicológico?
5. ¿Ha sido ignorado Ud. alguna vez? ¿Cómo se sintió?
6. ¿Le gustaría a Ud. tener el don de hacerse invisible? ¿Por qué?
7. ¿Existe simbolismo en esta obra? Comente sobre su sí o su no.
8. ¿Tiene Ud. algún don? Cuéntelo.

▶ Composición dirigida

Interprete Ud. en unos párrafos el tema que se sugiere aquí, fijándose, si es posible, en sus propias experiencias personales.

Título: La relación entre adultos y niños

I. *Introducción*
   A. Escriba por qué la gente mayor a veces ignora a los niños
      1. la actitud del hombre
      2. la actitud de la mujer
   B. Describa cómo los ancianos estiman más a los niños
      1. la actitud del abuelito
      2. la actitud de la abuelita

II. *Desarrollo*
  A. Describa la actitud de un adulto hacia un niño en una situación:
    1. social
    2. pedagógica
    3. deportiva
    4. religiosa
  B. Explique cómo un adulto reacciona hacia un niño porque éste es:
    1. alto o bajo
    2. gordo o flaco
    3. feo o guapo
    4. inteligente o tonto

III. *Conclusión*
  Concluya expresando su opinión sobre por qué los adultos ignoran a los niños
  A. Se ignora más a los niños que a las niñas
  B. Se ignora a los niños porque los adultos están ocupados
  C. Se ignora a los niños porque los adultos no los respetan
  D. El hombre ignora más a los niños que la mujer

El adversario

Olga Ramírez de Arellano

Olga Ramírez de Arellano   Olga Ramírez de Arellano nació en San Germán, Puerto Rico en 1911. Luego de hacer su educación primaria y secundaria en la isla caribeña, cursó un año de estudios en Goucher College, Baltimore. En 1936, se graduó de la Universidad de Puerto Rico con especialización en estudios de literatura española e historia.

Su estilo cuidadoso y lo elevado de su inspiración poética hacen de Olga Ramírez de Arellano una de las más brillantes poetisas contemporáneas de Latinoamérica. Ha publicado catorce libros en este género y ha obtenido un sin número de premios literarios entre los cuales figura el prestigioso premio del Instituto de Literatura Puertorriqueña. La distinguida autora también se ha destacado en el campo de la prosa, pues su libro, *Diario de la montaña*, recibió el premio Club Cívics, como la mejor obra de creación literaria en 1967.

Olga Ramírez de Arellano reside en su tierra natal y tiene en preparación un libro de cuentos titulado *A propulsión a chorros*, que pronto saldrá a la luz.

Sabía que no me costaba más remedio.¹ Tenía que penetrar en su interior y hacer el viaje dentro de él. Por fuerza me veía obligada.² Mi madre estaba recluída³ en un hospital de Nueva York, gravemente enferma. Él me llevaría más rápido que ninguna otra máquina a menos que decidiese romperse° en las nubes nada más que para fastidiarme.⁴ Eso es lo terrible de estos artefactos, no tienen alma, no sienten. Lo mismo le hubiese dado desbaratarse y destruirme.⁵   to break up

Junto a mí, una joven señora me preguntó:

—Está nerviosa . . . ¿verdad?

—Claro . . . una nunca sabe . . .

—No se preocupe. Tome un *whisky*.

—¿*Whisky*?

—Sí, puro . . . Así, sin agua, solamente un poco de hielo.°   ice

---

¹ **no...remedio:**   I had no other alternative
² **Por...obligada:**   I really felt obligated
³ **estaba recluída:**   was a patient
⁴ **nada...fastidiarme:**   just to annoy me
⁵ **Lo...destruirme:**   It could just as soon have crashed and destroyed me

Yo tomé el vaso pero no bebí. El licor y yo somos enemigos igual que el avión y yo. El licor me produce extrañas reacciones de profundas alergias como es el sentir súbitamente,° después de un trago,° una mano feroz que me aprieta detrás de las orejas.° Ya que iba por fuerza en brazos de [6] un enemigo . . . ¿cómo, por todos los santos,[7] me iba a tragar otro? ¡Imposible! ¡Imposible!

La señora insiste bondadosamente° en que ingiera° a mi adversario. Deseo explicarle. Ella no entiende. Dice que eso es mental. Una ha de dominar la mente. ¡Qué absurdo! No es mental, es puramente fisiológico. Ella pide para mí una copita° de vino. ¡Santa Marta! El vino representa, no ya un enemigo sino el más ensañado° criminal.

—Señora, perdone . . . no puedo . . . Le suplico que no insista. Además me duele la garganta,° no me siento bien.

—Pero eso se arregla inmediatamente. Tengo unas pastillas° aquí de penicilina. Son estupendas. Se curará usted tan maravillosamente bien que no va a sentir ya nada más . . . Usted tiene fiebre . . . Puedo palparla por encima de su manga.[8] Está hirviendo.

Saca los comprimidos° y me los da. Idiotamente extiendo la mano para tomar a mi tercer adversario. Los miro cuidadosamente, con terror, como quien mira la muerte. Son amarillos, el color de la muerte. Por mi mente pasa el recuerdo de la primera y única vez que tomé esta sustancia por prescripción de un facultativo.° En aquella ocasión perdí el habla[9] aunque no la conciencia. Hubiese sido mejor perder la conciencia porque me hubiese ahorrado la agonía de la lucha. Recuerdo las primeras convulsiones y como en una niebla,° los rostros espantados° de los seres que amo[10] tratando de llegar a mí, a mi desesperación, en un esfuerzo por salvarme; y yo sintiéndome sumergir° sin remedio en un pozo° oscuro de asfixia y terror.

La señora me dice, desilusionada:

—¿Pero . . . no las va a tomar? Aquí está el agua. Ande,° verá que luego no sufrirá ya más. No sea tímida . . .

Yo la miro lentamente y sé, sin lugar a dudas,[11] que esta amable y diligente compañera de viaje es mi cuarta y peor

Glossary (margin):
- suddenly
- drink
- ears
- kindly / I should swallow
- small glass
- cruel
- throat
- pills
- pills
- doctor
- fog, mist
- frightened
- sinking / deep hole; well
- Go ahead

---

[6] **Ya...de:** Since I was being forced to go in the clutches of
[7] **por...santos:** in heaven's name
[8] **Puedo...manga:** I can feel it through your sleeve
[9] **perdí el habla:** I lost my speech
[10] **los...amo:** my beloved ones
[11] **sin...dudas:** without any doubt

enemiga, la suma de todos mis adversarios, el más encarni-
zado,° el más temible.° En sus verdes ojos veo retratada a la   cruel / feared
pelona.° La pelona lleva un elegante traje sastre,[12] zapatos de   death
piel° de cocodrilo y un broche de brillantes y zafiros en la   skin
solapa.° La pelona toma su *whisky* con cierto deleite.° Me   lapel / pleasure
observa. Husmea.° Me ofrece sus atenciones con una deli-   She smells
cadeza° de tigre a punto de saltar. Y todo el tiempo sonríe,   shrewdness
sonríe, sonríe . . .

Estoy en guardia. En mis dedos,° disimuladamente,° tri-   fingers / on the sly
turo° las pastillas. Polvo amarillo mancha mis dedos. El vaso   I crush
con el *whisky*, que había colocado en el asiento junto a mí,
humedece mi falda. Pero no me arriesgo a moverme, ni a
llamar a la azafata° para que lo tome, ni a hacer un gesto que   stewardess
la obligue a desviar° otra vez su atención hacia mí. No quiero   to switch
que se le vaya a ocurrir otra maquinación. Que se olvide de
que existo.[13] Que se olvide que me tiene a su lado.

Transcurre el tiempo lento, demasiado lento. ¡Quién pu-
diese acelerar el tiempo![14] Ella continúa bebiendo. Habla con
el caballero de la derecha. Le ofrece cigarrillos que él acepta
cortésmente. Al rato, por el rabo del ojo la veo[15] que inclina
la cabeza hacia atrás. Parece dormir. Ahora la puedo mirar
sin temor.° ¡Si es viejísima y parecía joven![16] Miles de pe-   fear
queñísimas arrugas° le circundan los ojos por debajo de los   wrinkles
afeites° y en el cuello° tiene un doble mentón° que parece una   makeup / neck / chin
pomarrosa° arrugada. Las pestañas° son postizas.° Encuentro   rose apple / eyelashes / false
su rostro realmente fascinante y no puedo dejar de contem-
plarlo. Los párpados,° pintados de verde, se ven espesos,°   eyelids / thick
densos. Su nariz, respingada° y gruesa, no parece respirar.   turned-up
La boca es una línea apenas perceptible, larga y fina. Antes
no me había fijado pero no advierto en esos labios vitalidad;
se notan como inertes.° Sobre la frente cae un mechón de pelo   paralyzed
teñido,[17] en una onda° que quiso ser coqueta.° Pero me equi-   wave / flirtatious
voco. Es una peluca.° Puedo ver exactamente el punto tejido°   wig / woven
de donde arrancan los cabellos postizos. ¿Será también postiza
la piel? ¿Serán también postizos los ojos debajo de los gruesos
párpados? Debajo del ultramoderno vestido . . . ¿Habrá solamente un esqueleto? Las manos son horribles. Parecen
guantes. Mucho más blancas que la máscara del rostro. Sus

[12] **traje sastre:**   tailor-made dress
[13] **Que...existo:**   Let her forget that I exist
[14] **¡Quién...tiempo!:**   If only someone could speed up time!
[15] **por...veo:**   I see her through the corner of my eye
[16] **¡Si...joven!:**   Why she's extremely old and looked (so) young!
[17] **un...teñido:**   a large lock of dyed hair

largas y flacas° piernas me cierran el paso[18] ya que estoy del °skinny
lado de la ventanilla. Estoy atrapada.° Si me levanto la des- °trapped
pierto y se volverá contra mí.[19] Lo sé. Mejor es que duerma,
mejor es que duerma eternamente. ¿No es ella eso mismo,
una eternidad oscura, una terrible y espantosa° sombra?° En °frightful / shadow
mi pensamiento le suplico que duerma. La siento hacer un
ruido extraño y noto que su cutis° se ha tornado verdoso.° °skin / greenish
Tiemblo. ¡Qué no despierte![20] ¡Qué no despierte! Grito estas
palabras dentro de mí una y mil veces. El grito quiere salir
y exteriorizarse pero le mantengo oculto para que no me delate
la cobardía,° la íntima e impotente pequeñez.° Si sabe que le °cowardice / smallness
temo ganará más pronto el duelo, el terrible e ineludible° °inevitable
duelo final . . .

En el fondo del avión se iluminan las letras que ordenan
abrochar los cinturones de seguridad[21] y el *jet* desciende
rápido por entre las nubes. Abajo está Nueva York bajo un
espléndido sol de primavera. Estoy a punto de llegar a mi
salvación.[22] Rezo . . . No sé lo que rezo . . . Aterriza-
mos . . .

Me suelto el cinturón y quiero salir de mi asiento pero la
pasajera continúa dormida. Todos los otros están de pie. Se
visten sus gabanes,° sus abrigos. Buscan sus pertenencias.° °overcoats / possessions
El caballero de la derecha dice refiriéndose a la durmiente:

—Parece que ha cogido una turca.[23] Nunca he visto una
mujer tomar tanto en tan corto tiempo.

Yo le suplico:

—Señor . . . ¿puede darme la mano y ayudarme a salir?

Él, muy gentil,° lo hace. Se coloca detrás de mí en el pa- °gracious
sadizo° entre los asientos. De pronto uno de los camareros °aisle
cerca de nosotros trata de despertar a la pasajera. Al ver que
no contesta la zarandea° suavemente° por un hombro. La °he shakes / gently
mujer cae de lado,[24] inerte, en el asiento que yo acabo de
abandonar. El empleado le toma el pulso, la mira asombrado° °astonished
y dice:

—Esta señora está muerta.

Olga Ramírez de Arellano

---

[18] **me...paso:** block my way
[19] **se...mí:** she'll turn against me
[20] **¡Qué no despierte!:** I hope she doesn't wake up!
[21] **cinturones de seguridad:** seat belts
[22] **Estoy...salvación:** I'm about to be saved
[23] **Parece...turca:** She seems to be drunk
[24] **la...lado:** the woman falls sideways

▶ Practiquemos el vocabulario

Escoja el vocablo apropiado haciendo cambios de género y número cuando sean necesarios:

mechón	párpado	pestaña	ensañado
habla	azafata	arrugas	adversario
cutis	faculativo	pelona	pastilla

1. La señora tenía las _____ postizas.
2. Tomé esta sustancia por prescripción de un _____ .
3. Tengo una _____ blanca de penicilina.
4. Los _____ lucharon por tres horas y cuarto.
5. Tenía el rostro lleno de _____ .
6. La policía buscaba al _____ criminal.
7. Noté que su _____ tenía un color verdoso.
8. Al entrar en el avión llamé a la _____ .
9. Sobre la frente le caía un _____ de pelo teñido.
10. La señora le tenía tanto miedo al criminal que perdió el _____ .

▶ Preguntas

1. ¿Por qué no le quedaba más remedio a la protagonista que hacer el viaje por avión?
2. ¿Quién le preguntó a la protagonista si estaba nerviosa?
3. ¿Cómo son las sensaciones que el licor le produce a la protagonista?
4. ¿Cuántos adversarios tenía la protagonista en total?
5. ¿Cuál era el peor de ellos? ¿Por qué? ¿Es lógico?
6. ¿De qué color eran los comprimidos y con qué se asocia ese color?
7. ¿Qué le pasó a la protagonista cuando tomó penicilina por primera vez?
8. ¿De qué color eran los ojos de la pelona?
9. ¿Cómo estaba vestida la pelona? Dé ejemplos.
10. ¿Por qué no quiso la protagonista llamar a la azafata?
11. ¿Qué descripción física nos da la autora de la pelona?
12. ¿Por qué no quería gritar la protagonista?
13. ¿Quién ayudó a la protagonista a salir del avión?
14. ¿Para qué le tomó el pulso a la mujer el camarero?
15. ¿Cómo termina el cuento? ¿Es un desenlace apropiado o no?

▶ Preguntas personales

1. En su opinión, ¿qué le pasará a la autora al tomar el avión de regreso?
2. ¿Cree Ud. que la experiencia de la autora fue verdadera, extraordinaria o inventada? Explique.
3. ¿Por qué piensa Ud. que la autora narró la mayor parte del cuento en el presente de indicativo?
4. ¿Qué le parece a Ud. este cuento? ¿Le gustó?
5. ¿Tiene Ud. muchos adversarios como los de la protagonista? Enumérelos.
6. ¿Le da a Ud. miedo cuando viaja en avión o en cualquier otro vehículo de transporte? ¿Por qué?
7. ¿Ha tenido Ud. algún encuentro con la pelona? Cuéntelo.
8. ¿Piensa Ud. en la muerte a menudo? ¿Por qué?

▶ Composición dirigida

Tenga en cuenta el siguiente plan y escriba un ensayo sobre el tema que se le ofrece para dicho ejercicio.

Título: La muerte

I. *Introducción*
   A. Defina el tema
   B. La mayoría de las personas temen a la muerte

II. *Desarrollo*
   A. Causas de la muerte
      1. enfermedades
      2. accidentes
      3. la vejez
   B. Diferentes ideas acerca de la muerte
      1. la muerte como alivio
      2. la muerte como enemiga
      3. la muerte como paso a otra vida

III. *Conclusión*
   ¿Qué puede hacer el ser humano ante la muerte?

4

Eva y Daniel

Tomás Rivera

Tomás Rivera Tomás Rivera, uno de los más prestigiosos educadores chicanos de nuestros días, nació en Crystal City, Texas en 1935. Hijo de campesinos migratorios, Tomás Rivera pasó sus primeros años en constante mudanza de un lugar a otro, y estas experiencias de su niñez se ven reflejadas en su obra literaria.

Después de realizar estudios en la Universidad de Southwest Texas State, Tomás Rivera se doctoró en Filosofía y Letras de la Universidad de Oklahoma. Tras emprender varias labores administrativas en el campo académico, fue nombrado Vice-Presidente de Administración de la Universidad de Texas en San Antonio en 1976, y dos años más tarde fue nombrado Vice-Presidente Ejecutivo de la Universidad de Texas, El Paso.

En el campo de la literatura, Tomás Rivera se ha distinguido como poeta, cuentista, novelista y crítico literario. Su novela, *Y no se lo tragó la tierra,* fue ganadora del Premio Quinto Sol de Literatura en 1970, y su libro de poesías *Always and Other Poems,* recibió elogios por parte de la crítica.

Hoy día, Tomás Rivera desempeña su labor académica como Canciller de la Universidad de California, Riverside.

Todavía recuerda la gente a Eva y a Daniel. Eran muy bien parecidos los dos[1] y la mera verdad daba gusto el verlos juntos. Pero la gente no los recuerda por eso. Estaban muy jóvenes cuando se casaron, mejor decir cuando se salieron.° A los padres de ella casi ni les dio coraje[2] o si les dio les duró muy poco y era que casi todos los que conocían a Daniel lo querían muy bien y por muchas razones. Fue en el norte cuando se fueron durante la feria° del condado° que hacían cada año en Bird Island.

Las dos familias vivían en el mismo rancho. Trabajaban juntas y en las mismas labores,° iban al pueblo en la misma troca° y casi comían juntas. Por eso no extrañó nada que se hicieran novios. Y aunque todos sabían, aparentaban° no saber y hasta ellos en lugar de hablarse se mandaban cartas a veces. El sábado que se fueron recuerdo muy bien que iban muy contentos a la feria en la troca. El viento les llevaba todos despeinados[3] pero cuando llegaron a la feria ni se acordaron

they eloped

fair / county

cultivated fields
camioneta pickup truck
they pretended

---

[1] **Eran...dos:**   They were both very good looking
[2] **casi...coraje:**   they did not even get angry
[3] **El...despeinados:**   The wind made a mess of their hair

de peinarse. Se subieron en todos los juegos,° se separaron   rides
del resto del grupo y ya no los vieron hasta en dos días.

—No tengas miedo. Nos podemos ir en un taxi al rancho.
Hazte para acá,⁴ arrímate,° déjame tocarte. ¿O es que no me   get closer
quieres?

—Sí, sí.

—No tengas miedo. Nos casamos. A mí no me importa
nada.⁵ Nomás tú. Si nos deja la troca nos vamos en un taxi.

—Pero me van a regañar.°   to scold

—No te apures. Si te regañan yo mismo te defiendo.
Además quiero casarme contigo. Le pido el pase ya a tu papá⁶
si quieres. ¿Qué dices? ¿Nos casamos?

A la media noche se cerraron todos los juegos y se apagaron
las luces del carnaval y ya no se oyeron los tronidos° de los   poppings
cohetes° pero nada que aparecían Eva y Daniel. Entonces les   firecrackers
empezó a dar cuidado a los padres⁷ pero no avisaron a la ley.
Ya para la una y media de la mañana la demás gente empezó
a impacientarse. Se bajaban y subían de la troca cada rato y
por fin el padre de Eva le dijo al chofer que se fueran. Pero
iban con cuidado las dos familias. Ya les daba por las patas⁸
que se habían huído y estaban seguros de que se casarían
pero comoquiera les daba cuidado.⁹ Y estarían con cuidado
hasta que no los volvieran a ver.¹⁰ Lo que no sabían era que
Daniel y Eva ya estaban en el rancho. Pero estaban escondidos
en la bodega,° en lo más alto donde guardaba el viejo la paja°   granary / hay
para el invierno. Por eso, aunque los anduvieron buscando¹¹
en los pueblos cercanos, no los encontraron hasta dos días
después cuando bajaron de la bodega bien hambriados.°   **hambrientos** hungry

Hubo algunas discusiones bastante calurosas° pero por fin   heated
consintieron los padres de Eva que se casaran. Al día siguiente
les llevaron a que se sacaran la sangre,¹² luego a la semana¹³
los llevaron con el juez civil° y tuvieron que firmar los padres   justice of the peace
porque estaban muy jóvenes.

—Ya ves como todo salió bien.

—Sí, pero me dio miedo cuando se enojó papá todo.¹⁴

---

⁴ **Hazte para acá:** Move over this way
⁵ **A...nada:** I don't care about anything
⁶ **Le...papá:** I'll go ahead and ask your father's permission
⁷ **les...padres:** the parents started to get worried
⁸ **Ya...patas:** They already had the feeling
⁹ **comoquiera...cuidado:** just the same, they were worried
¹⁰ **hasta...ver:** until they saw them again
¹¹ **aunque...buscando:** even though they had been looking for them
¹² **que...sangre:** to take a blood test
¹³ **luego...semana:** then a week later
¹⁴ **cuando...todo:** when Dad got all mad

Hasta creí que te iba a pegar° cuando nos vio de primero.°   to hit / at first

—A mí también. Ya estamos casados. Ya podemos tener hijos.

—Sí.

—Qué crezcan bien grandotes y que se parezcan a ti y a mí. ¿Cómo irán a ser?

—Qué se parezcan a mí y a ti.

—Si es mujer qué se parezca a ti; si es hombre qué se parezca a mí.

—¿Y si no tenemos?

—¿Cómo que no? Mi familia y tu familia son muy familiares.[15]

—Eso sí.

—¿Entonces?

—Pos,° yo nomás decía.   **pues** well

Realmente después de casarse las cosas empezaron a cambiar. Primeramente porque ya para el mes de casados Eva andaba de vasca[16] cada rato y luego también le cayó una carta del gobierno a Daniel diciéndole que estuviera en tal pueblo para que tomara los exámenes físicos para el ejército.° Al ver   army la carta sintió mucho miedo, no tanto por sí mismo, sino que sintió inmediatamente la separación que vendría para siempre.

—Ves, m'ijo,° si no hubieras ido a la escuela no hubieras   **mi hijo** pasado el examen.

—A qué mamá.[17] Pero es que no porque pasa uno el examen se lo llevan.[18] Además ya estoy casado así que a lo mejor no me llevan por eso. Y también Eva ya está esperando.°   expecting

—Ya no hallo qué hacer, m'ijo, estoy rezando° todas las   praying noches porque° no te llevan.° Eva también. Les hubieras men-   **para que / lleven** tido.[19] Te hubieras hecho tonto[20] para no pasar.

—A qué mamá.

Para noviembre en lugar de regresarse a Texas con su familia se quedó Daniel en el norte y en unos cuantos días ya estaba en el ejército. Los días le parecían no tener razón—ni para qué hubiera noche ni mañana, ni día. No le importaba nada de nada[21] a veces. Varias veces pensó en huirse y regresar a su pueblo para estar con Eva. Cuando pensaba era en lo que pensaba—Eva. Yo creo que hasta se puso enfermo

---

[15] **son muy familiares:** have large families; are very prolific
[16] **andaba de vasca:** was not feeling well (had morning sickness)
[17] **A qué mamá:** Come on, Mom
[18] **se lo llevan:** that they take you
[19] **Les hubieras mentido:** You should have lied to them
[20] **Te...tonto:** You should have played dumb
[21] **No...nada:** He didn't care about anything

alguna vez o varias veces serían al pensar tanto en ella. La primera carta del gobierno le había traído la separación y ahora la separación se ensanchaba más y más.

—¿Por qué será que no puedo pensar en otra cosa más que en Eva? Si no la hubiera conocido ¿en qué pensaría? Y creo que en mí mismo, pero ahora . . .

Pero así como son las cosas,[22] nada se detuvo. El entrenamiento de Daniel siguió al compás del embarazo de Eva.[23] Luego mandaron a Daniel para California pero antes tuvo la oportunidad de estar con Eva en Texas. La primera noche durmieron besándose. Estuvieron felices otra vez por un par de semanas pero luego llegó la separación de nuevo. Le daban ganas de quedarse a Daniel pero luego decidió seguir su camino a California. Le preparaban más y más para mandarlo a Corea. Luego empezó a enfermarse Eva. El niño le daba complicaciones. Entre más cerca el alumbramiento[24] más complicaciones.

—Si vieras, viejo,° que este niño va mal.[25]   darling
—¿Por qué crees?
—Ésta tiene algo. Por las noches se le vienen unas fiebres pero fiebres.[26] Ojalá y salga todo bien pero hasta el doctor se ve bastante preocupado. ¿No te has fijado?
—No.
—Ayer me dijo que teníamos que tener mucho cuidado con Eva. Nos dio un montón° de instrucciones pero con eso   bunch de que uno no entiende.[27] ¿Te imaginas? Como quisiera que estuviera Daniel aquí. Te apuesto° que hasta se aliviaba Eva.   I'll bet you Ya le mandé decir[28] que está muy enferma para que venga a verla pero no le creerán sus superiores y no lo dejarán venir.
—Pues escríbele otra vez. Quien quite pueda[29] hacer algo si habla.
—Ya, ya le he escrito muchas cartas mandándole a decir lo mismo. Fíjate° que ya ni me preocupa tanto él. Ahora es   Just imagine Eva. Tan jovencitos los dos.
—Sí, verdad.
Eva empeoró y cuando recibió una carta de su madre donde

---

[22] **como...cosas:**   things being what they are
[23] **siguió...Eva:**   (it) kept the same pace as Eva's pregnancy
[24] **Entre...alumbramiento:**   The closer the childbirth
[25] **que...mal:**   there's something wrong with this child
[26] **se...fiebres:**   she gets some terrible fevers
[27] **con...entiende:**   since one doesn't understand those things
[28] **Ya...decir:**   I already informed him
[29] **Quien quite pueda:**   Perhaps he may be able

le suplicaba que viniera a ver a su esposa, Daniel no supo
explicar o no le creyeron sus superiores. No lo dejaron venir.
Pero él se huyó° ya en vísperas° de que lo mandaran a Corea.
Duró° tres días para llegar a Texas en el autobús. Pero ya no
la alcanzó.[30]

went AWOL / on the eve
Tardó

Yo recuerdo muy bien que lo trajo un carro de sitio[31] a la
casa. Cuando se abajó° y oyó el llanto dentro de la casa entró
corriendo. Luego se volvió como loco y echó a todos para
fuera[32] de la casa y allí estuvo él solo encerrado casi todo un
día. Salía nada más para ir al escusado° pero aún allí dentro
se le oía soyozar.°

bajó

excusado outhouse
sollozar to sob

Ya no volvió al ejército ni nadie vino a buscarlo alguna vez.
Yo lo vi muchas veces llorar de repente. Yo creo que se acordaba. Luego perdió todo interés en sí mismo. Casi ni hablaba.

Se empeñó° una vez en comprar cohetes para vender durante la Navidad. Le costó bastante el paquete de cohetes que
mandó traer por medio de una dirección de una revista. Pero
cuando los recibió en lugar de venderlos, no descansó hasta
que no los había tronado° todos él mismo. Y desde entonces
es todo lo que hace con lo poquito que gana para mantenerse.
Casi todas las noches truena cohetes. Yo creo que por eso,
por estos rumbos° del mundo, la gente todavía recuerda a
Eva y a Daniel. No sé.

He insisted

exploded

parts

[signature]

► Practiquemos el vocabulario

Escoja el vocablo apropiado haciendo cambios de género y número cuando sean
necesarios:

vísperas	embarazo	padres	preocupado
ejército	rumbos	despeinado	juez civil
montón	cohete	parecido	labores

1. Hacía mucho viento y por eso María y Luisa llegaron a la clase _____.
2. Ellas tienen novios que son muy bien _____.
3. Avisé a sus _____ que ellos se habían huído.

---

[30] **Pero...alcanzó:** But he was too late
[31] **un...sitio:** a taxi
[32] **se...fuera:** he became like a crazy man and he threw (put) everyone out

4. Anoche oí los tronidos de los _____.
5. Estamos muy _____ porque nuestro amigo no se siente bien.
6. Ella tiene siete meses de _____.
7. Juan tenía que ir al _____ inmediatamente.
8. El _____ casó a los jóvenes el mes pasado.
9. Estamos en _____ de un examen muy difícil.
10. Nosotros nos escondimos en un _____ de paja.

▶ Preguntas

1. ¿Cuál es la razón por la cual todavía la gente recuerda a Eva y a Daniel?
2. ¿Por qué no les extrañó a ambas familias que se hicieran novios Eva y Daniel?
3. ¿Les dio coraje a los padres de Eva cuando la pareja "se salió"? Explique.
4. ¿Qué hacían a veces Eva y Daniel en lugar de hablarse?
5. ¿Por qué tenía miedo Eva de "salirse" con Daniel?
6. ¿Dónde y por cuánto tiempo se escondieron Eva y Daniel?
7. ¿Por qué tuvieron que firmar los padres de los dos?
8. ¿Qué decía la carta del gobierno que recibió Daniel?
9. ¿Para dónde pensaba enviar el ejército a Daniel?
10. ¿Qué le pasaba a Eva por las noches en su ausencia?
11. ¿Qué hizo Daniel cuando recibió la carta de su madre?
12. ¿Llegó Daniel a tiempo para estar con su esposa o no?
13. ¿Cómo reaccionó Daniel ante la situación? Explique.
14. ¿En qué se empeñó Daniel después que murió su esposa?
15. ¿Qué es lo que hace Daniel desde que perdió el interés hasta en sí mismo?

▶ Preguntas personales

1. ¿Le parece a Ud. que este cuento es muy sentimental o muy humano?
2. ¿Critica Ud. a Eva y a Daniel por haberse huído o piensa que actuaron correctamente?
3. Si Ud. hubiera sido Daniel, ¿habría ido al ejército o no? Si piensa que no, ¿qué habría hecho?
4. ¿Piensa Ud. que la madre de Daniel tenía razón cuando dijo que si él no hubiera ido a la escuela no habría pasado el examen? Explique.

5. ¿Opina Ud. que los superiores no dejaron venir a Daniel o es que él no supo explicar el problema?

6. Daniel se escapó del ejército. ¿Habría Ud. hecho lo mismo?

7. ¿Puede Ud. dar algunos ejemplos que indiquen que Eva y Daniel se amaban?

8. ¿Se considera Ud. una persona romántica? ¿Por qué?

▶ Composición dirigida

Desarrolle el tema del amor a base del esquema siguiente:

Título: El amor

I. *Introducción*
   A. Defina en qué consiste el amor romántico para Ud.
   B. Compare el amor romántico con el amor platónico

II. *Desarrollo*
   El papel que juega el amor en las siguientes etapas del ser humano
   A. la niñez
   B. la juventud
   C. la madurez
   D. la vejez

III. *Conclusión*
   De acuerdo con lo que ha expresado, defina en qué consiste el amor para Ud.

5

Entró y se sentó

Rosaura Sánchez

Rosaura Sánchez Esta distinguida escritora chicana nació en San Angelo, Texas en 1941. Cursó sus estudios universitarios en la Universidad de Texas, Austin donde obtuvo su doctorado en Filosofía y Letras con especialización en lingüística.

La doctora Sánchez ha publicado varios artículos lingüísticos sobre el español del sudoeste de los Estados Unidos. El más conocido de éstos lleva por título "Nuestra circunstancia lingüística", que se publicó en *El Grito* en 1972. También ha colaborado con un grupo de chicanas compilando una antología de artículos sobre la mujer chicana. Su labor literaria incluye numerosos cuentos en revistas publicadas en los Estados Unidos.

En la actualidad, Rosaura Sánchez es profesora asociada del departamento de literatura y estudios del tercer mundo de la Universidad de California, San Diego.

Entró y se sentó frente al enorme escritorio que le esperaba lleno de papeles y cartas. Estaba furioso. Los estudiantes se habían portado como unos ingratos.

—Bola de infelices,[1] venir a gritarme a mí en mis narices que soy un 'Poverty Pimp'. Bola de desgraciados.[2] Como si no lo hiciera uno todo por ellos, por la raza,[3] pues.

Llamó a Mary Lou, la secretaria, y le pidió que le trajera café y un pan dulce de canela.[4]

—Y luego tienen el descaro° de insultarme porque no me   "nerve" casé con una mejicana. Son bien cerrados, unos racistas de primera.[5] Lo que pasa es que no se dan cuenta que yo acepté este puesto° para ayudarlos, para animarlos a que continuaran   position su educación.

En ese momento sonó el teléfono. Era el Sr. White, el director universitario del departamento de educación. No, no

---

[1] **Bola de infelices:** Bunch of poor devils
[2] **Bola de desgraciados:** Bunch of S.O.B.s
[3] **por la raza:** for my own people
[4] **pan...canela:** cinnamon roll
[5] **Son...primera:** they are so closed-minded, first-class racists

habría más problemas. Él mismo hablaría con el principal°   **director**
Jones para resolver el problema. Era cosa de un mal enten-
dido⁶ que pronto se resolvería.

Mary Lou llegó con el café cuando terminó de hablar. Después de un sorbo° de café, se puso a hacer el informe de   sip
gastos⁷ para el mes. Gasolina. Gastos de comida con visitantes
importantes. Vuelo° a Los Ángeles para la reunión de edu-   a flight
cadores en pro de la educación bilingüe. Motel.

—Para ellos yo sólo estoy aquí porque el sueldo° es bueno.   salary
Si bien es verdad⁸ que pagan bien ya que las oportunidades
son muchas, también es verdad que los dolores de cabeza son
diarios. Yo podría haberme dedicado a mi trabajo universitario
y no haberme acordado de mi gente.

Se le permitían 22 dólares de gastos diarios y como había
estado 5 días podía pedir $110. A eso se agregaban los gastos
de taxi. Ahora querían que los apoyara en su huelga° estu-   strike
diantil. Pero eso ya era demasiado. Lo estaban comprometiendo.

—Si supieran esos muchachos lo que he tenido que sudar°   to sweat
yo para llegar aquí. Con esa gritería° de que hay que cambiar   shouting
el sistema no llegamos a ninguna parte. No se dan cuenta que
lo que hay que hacer es estudiar para que el día de mañana
puedan ser útiles a la sociedad.

De repente se apagaron las luces.⁹ Afuera comenzaba a   to thunder / **Dio la**
tronar° y la lluvia caía en torrentes. Volteó° en su silla rodante°   **vuelta** / swivel
y se acercó a la ventana. Primero vio los edificios grises universitarios que se asemejaban a los recintos° de una prisión.   compound
Se oscureció más hasta que vio la troca perdida en la lluvia.

—Con este aguacero° tendremos que parar un rato, hijo.   downpour
Llegando a la orilla del surco° nos metemos debajo de la troca   furrow
hasta que escampe° un poco.   it stops

Pesó el algodón° pero no vació el costal° arriba porque con   cotton / sack
la lluvia le estaba dando frío.

—Mira hijo, si te vas a la escuela no sé cómo le vamos a
hacer.¹⁰ Con lo que ganas de *busboy* y lo que hacemos los
sábados pizcando,° nos ayudamos bastante. Ya sabes que en   **recogiendo** picking
mi trabajo no me pagan gran cosa.

Sabía lo que era trabajar duro, de sol a sol, sudando la
gorda.¹¹ Entonces que no me vengan a mí con cuentos,¹²

---

⁶ **Era...entendido:** It was just a misunderstanding
⁷ **se...gastos:** he began to fill out his expense account forms
⁸ **Si...verdad:** Although it's true
⁹ **se...luces:** the lights went out
¹⁰ **no...hacer:** I don't know how we're going to make ends meet
¹¹ **de...gorda:** from sunrise to sunset, sweating blood
¹² **que...cuentos:** don't let them come to me with excuses

señores. ¿Qué se han creído esos babosos?[13] Después de tanto trabajo, tener que lidiar° con estos huevones.° Porque lo que pasa es que no quieren ponerse a trabajar, a estudiar como los meros° hombres.

to fight / **perezosos** bums

verdaderos real

—Mire, apá,° le mandaré parte de mi préstamo° federal cada mes. Verá que no me he de desobligar[14] y ya estando en Austin, buscaré allá otro trabajito para poder ayudarles.

papá / loan

Éramos pocos los que estudiábamos entonces. Éstos que tienen la chiche del gobierno no saben lo que es canela.[15] Sólo sirven para quejarse de que no les den más.

—Yo ya estoy muy viejo, hijo. Cuida a tu mami° y a tus hermanos.

mamá

Seguía lloviendo y la electricidad no volvía. Afuera relampagueó.°

lightning struck

El carro se les había parado en la esquina. El semáforo° ya se había puesto verde pero el carro no arrancaba.° Su papá salió, levantó el capacete° y quitó el filtro. Mientras su papá ponía y quitaba la mano del carburador, él pisaba el acelerador. Atrás los autos pitaban° y pitaban. Por la izquierda y la derecha se deslizaban° los *Cadillacs* y los *Oldsmobiles* de los rancheros airados° con el estorbo° en plena calle Chadbourne. Su papá estaba empapado° por la lluvia cuando por fin arrancó el carro. Ese día los había maldecido a todos, a todos los gringos de la tierra que los hacían arrastrar° los costales de algodón por los surcos mientras los zapatos se les hundían° en la tierra arada,° a los gringos que les pagaban tan poco que sólo podían comprar aquellas garraletas° que nunca arrancaban. Años después se había casado con una gringa. Y ahora, después de tanto afán,° querían que se rifara el pellejo.[16] Qu'esque° por la causa. Como si fuera tan fácil cambiar el sistema. No señores, que no contaran con él. Volvió la electricidad y se puso a ver la correspondencia.

traffic light

(it) wouldn't start

capó hood

(they) honked

(they) slipped

angry / nuisance

soaking wet

to drag

(they) sank

plowed

coches viejos jalopies

work

es que supposedly

—Gracias a Dios que tengo mi oficina aquí en la Universidad, en el sexto piso de esta monstruosidad donde no tengo que ver a nadie. No más le digo a la secretaria que diga que no estoy y así puedo dedicarme al papeleo° que siempre hay que atender. Estos estudiantes del Cuerpo de Maestros° van a tener que sujetarse a las reglas o si no, pa fuera.°[17] Tiene

paperwork

Teacher Corps

para afuera

---

[13] **¿Qué...babosos?:**   Who do those slobs think they are?

[14] **Verá...desobligar:**   You'll see that I won't forsake my obligation

[15] **Estos...canela:**   Those who sponge off the government don't know what it's like to have it rough

[16] **querían...pellejo:**   they wanted him to gamble his life

[17] **sujetarse...fuera:**   to abide by the rules or if not, they will be kicked out

uno que ponerse duro, porque si no, se lo lleva la chingada.[18]
Alguna vez les contaré mi vida a esta gente . . . A ver . . .
Bueno mañana no será. Tengo que ir a Washington a la
reunión nacional de programa federales de educación para
las minorías y luego . . . a ver . . . tengo que ir a San Antonio
como consultante del programa bilingüe. Vale más llamar[19]
a Mary Lou para ver si me consiguió ya el pasaje° de avión   ticket
para mañana. Mary Lou . . . ah, si mmmhhhmmm, en el
Hilton, del 8 al 10 de noviembre. Muy bien. Y ¿qué sabes del
vuelo? . . . ¿Por *Continental* o *American*? . . .

   Miró por la ventana y vio a su papá empapado de agua y
lleno de grasa.

Rosaura Sánchez

▶ Practiquemos el vocabulario

Complete las frases con la forma correcta de los siguientes vocablos:

garraleta	baboso	sueldo	capacete
costal	gritería	informe de gastos	papeleo
puesto	huelga	aguacero	estorbo

1. No hay clases en la universidad porque los estudiantes están en
   _____.

2. Raquel gana un _____ de mil dólares al mes.

3. Ellos compraron veinte _____ de algodón.

4. Después del viaje, tuve que hacer un _____.

5. La _____ de los estudiantes ponía bastante furiosa a la profesora.

6. El _____ era tan fuerte que tuve que parar el carro y esperar.

7. El profesor tiene tanto _____ que no puede asistir a esa reunión.

8. ¿Qué se han creído esos _____ con esos insultos?

9. El _____ que tiene José es muy importante.

10. Abrió el _____ del carro para echarle agua al radiador.

---

[18] **Tiene...chingada:** One has to get tough, for if not, one can lose out (get
  screwed)
[19] **Vale...llamar:** I better call

▶ Preguntas

1. ¿Cuál es el oficio del protagonista del cuento?
2. ¿Qué beneficios saca de tantos viajes él?
3. ¿Por qué estaba tan furioso? Explique.
4. ¿Qué querían los estudiantes que hiciera?
5. ¿En qué pensó cuando se apagaron las luces?
6. ¿Qué importancia le daba el padre a la educación?
7. ¿Cuáles eran otros de los oficios del protagonista?
8. ¿Cómo trataban los rancheros a los que recogían algodón?
9. ¿Por qué estaban airados los rancheros con el papá del protagonista?
10. ¿Con quién se había casado el protagonista?
11. ¿Por qué decía que uno tenía que ponerse duro?
12. ¿Por qué tenía que ir el protagonista a Washington?
13. ¿Quién es Mary Lou en el cuento? Explíquelo bien.
14. ¿Se nota alguna importancia en la última frase del cuento? Explique.
15. ¿Cuál es el significado del título para Ud.?

▶ Preguntas personales

1. En su opinión, ¿tenían los estudiantes el derecho de ir a la huelga?
2. Si Ud. hubiera sido el protagonista, ¿cómo habría reaccionado ante la demanda de los estudiantes?
3. ¿Cree Ud. que el protagonista es una persona sincera o un *Poverty Pimp*? Explique.
4. Para Ud., ¿cuál es la importancia de obtener una buena educación? Cite sus razones.
5. ¿Qué clase de persona tiene la mayor influencia en la carrera de un estudiante? Dé sus razones personales.
6. ¿Cree Ud. que las mujeres que son maestras o profesoras tienen más dificultades en sus carreras que los hombres? ¿Por qué?
7. ¿Opina Ud. que el número de educadores y estudiantes de grupos minoritarios en las escuelas secundarias o en las universidades debe aumentarse?
8. ¿Participaría Ud. en una huelga estudiantil? ¿Sí o no? ¿Cuáles tendrían que ser las circunstancias?

▶ Composición dirigida

Imagínese Ud. que va a entrevistar a un educador hispano u otro educador de cualquier grupo minoritario. Prepare un informe sobre los resultados de su entrevista. Su informe debe cubrir los siguientes puntos.

Título: Una entrevista a (con) . . .

  I. *Introducción*
    Descripción del individuo y el oficio que tiene en la sociedad

 II. *Desarrollo*
    A. antecedentes familiares
    B. su niñez, su juventud
    C. su educación
    D. sus previos trabajos o cargos
    E. sus ideas, problemas, obstáculos, logros y metas

III. *Conclusión*
    Un resumen de su entrevista y su opinión del entrevistado después de la entrevista.

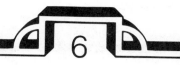

6

Aventuras de "Coquito"

José Sánchez-Boudy

José Sánchez-Boudy   José Sánchez-Boudy, el más prolífico y polifacético de los escritores cubanos fuera de Cuba, nació en La Habana en 1928.

Después de recibir su Doctorado en Derecho de la Universidad de La Habana, ejerció como abogado criminalista hasta su salida de Cuba en 1961.

Su actitividad creadora comenzó en 1966 con la publicación de su libro, *Cuentos grises*. Desde ese año ha publicado más de treinta y cinco obras, las cuales abarcan casi todos los géneros literarios. Sus dos novelas, *Memorias de Otto Letrina* (1970) y *Los cruzados de la aurora* (1971), fueron finalistas al famoso Premio Planeta.

Este maestro del costumbrismo cubano, ejerce como profesor de lengua y literatura hispánica en la Universidad de North Carolina, Greensboro. En estos momentos, Sánchez-Boudy está terminando su última novela, *Ñiquín el cesante*, de tema costumbrista.

Le decían "Coquito". El apodo° se lo habían puesto cuando era un niño. Un día se atracó de unos coquitos quemados[1] en la bodega° de la esquina de su casa y cogió una indigestión de padre y señor mío.[2] Se comió como veinte coquitos de a centavo. Desde entonces no fue más[3] Estanislao Fernández sino "Coquito". Una institución en el pueblo. Un personaje célebre.

Y siguió con la afición° por los coquitos toda la vida. Ellos eran su debilidad.° Y los espumosos° chocolates calientes. Por ambos daba° la vida. De ahí que no se perdiera un velorio.[4] Como en casi todos los mortuorios° repartían chocolate de madrugada,° iba siempre aunque no conociera al doliente° o a los familiares. Confundido° con el público pasaba desapercibido,° y daba rienda a su gran pasión. "Lástima", se decía,[5]

nickname

grocery store

fondness

weakness / foamy
he would give up
funerals
at dawn / mourner
mixed
unnoticed

---

[1] **coquitos quemados:**   coconut macaroons, very popular Cuban tidbits
[2] **una...mío:**   a tremendous indigestion
[3] **no fue más:**   he was no longer
[4] **De ahí...velorio:**   For that reason, he would never miss a wake
[5] **"Lástima", se decía:**   "What a pity," he would tell himself

38

"que no sea costumbre, dar además, coquitos. Entonces, los velorios serían una delicia.° Las madrugadas espléndidas. Pero, para qué quejarse[6] si no hay nada perfecto en la vida." Y saboreaba, mentalmente, la tazona,° entre el chisporroteo° de los cirios° y el bisbiseo° de los rosarios.

    A los cuarenta años, cuando el suceso° tuvo lugar, "Coquito" era viajante de comercio.[7] Recorría pueblos pequeños vendiendo caramelos.° Y así, cuando llegaba a los comercios, podía deleitarse con la vista de los coquitos y engullir,° con agua, algunos de ellos. Como padecía° de úlcera no podía atracarse, pero el deleite de contemplarlos lo engordaba de satisfacción.[8]

    Lo primero que hacía al llegar a un pueblo era averiguar quién era el muerto del día,[9] Sobre° las diez de la noche, cuando el velorio estaba más populoso, iba y se sentaba en un rincón° esperando que pasaran la tazas de chocolate.

    "Hoy en el pueblo", le indicó un comerciante, "hay muerto grande.[10] De buenísima familia." "Coquito" vio los cielos abiertos:° "El chocolate debe estar a mares.[11] Voy a tomar tanto que voy a echarlo hasta por el oído."[12] Así que a las diez en punto entraba con cara bien compungida° en el velorio de marras.°

    Como era su costumbre, lo primero que hizo fue ir a la caja° para ver la fisonomía del que había fallecido° y poder entablar° conversación sobre el mismo[13] con los familiares, si alguno se le acercaba. De esa manera estaba a salvo de[14] posibles contingencias.° Pero cuando llegó hasta el muerto se encontró con que el ataúd° estaba sellado.° Así que,° sin saber si al que velaban° era hombre o mujer, se fue a un rincón y se sentó en una silla de tijera,[15] esperando que llegara la medianoche y que empezaran a pasar las bandejas,° bandejas que él veía convertidas en bandejotas,° pues, como había podido apreciar, los deudos° vestían elegantemente y por los modales denotaban prosapia y linaje.[16]

delight

large cup /
  sputtering sparks
long wax candles /
  muttering
event

candies

to gobble (up)
he suffered

around

corner

clear

repentant
in question

coffin / died
to start

troubles
coffin / closed / so
they were mourning

trays
large trays
relatives

---

[6] **para qué quejarse:** what's the use complaining
[7] **viajante de comercio:** traveling salesman
[8] **lo...satisfacción:** brought him great satisfaction
[9] **quién...día:** who had died that day
[10] **hay muerto grande:** an important person has died
[11] **debe...mares:** must be plentiful
[12] **que...oído:** that it's going to come out of my ears
[13] **sobre el mismo:** concerning the said (deceased) one
[14] **estaba...de:** he was safe from
[15] **silla de tijera:** folding chair
[16] **por...linaje:** judging by their manners they appeared to be of high class and lineage

Pero pasaba el tiempo y no se percibía movimiento por la cocina que estaba en el fondo° de la casa. No había en ella ni un alma.[17] Y sonaron en la iglesia del lugar las doce campanadas. Y nada. back

La ausencia del chocolate lo ponía excitado, nervioso. Lo hacía mirar hacia donde estaban los familiares hasta que llamó la atención de uno de ellos,[18] que, por supuesto, se le acercó. Ceremonioso . . .

—¿El señor se llama?

—"Coquito" Fernández.

—¿Cómo "Coquito"?[19] Ese es el nombre de un cualquiera.° a nobody
¿Qué hace usted aquí?

—Señor, es de los Coquit de Versalles.

—Ah, ¿y era usted su amigo?

El sudor inundaba a "Coquito".[20] ¿Qué iba a decir? No sabía si el que estaba tendido° era un hombre o una mujer. deceased
Pero miró para encima del ataúd y vio un par de guantes.° gloves
Vio los cielos abiertos.

—¡Cómo no! No me perdía una de sus peleas de boxeo.[21] punch
¡Qué pegada° tenía! . . .

—¡DESCARADO!° LLAMARLE BOXEADOR A DOMI- Scoundrel
TILA.[22] MI NANA.° nanny

Estaban velando a la niñera° del hombre. "Coquito", como nanny
un rayo,° echó a correr seguido de los gritos de "ataja" y flash
"sinvergüenza".[23]

A la mañana siguiente, cuando abandonaba el pueblo, muerto de miedo,[24] leyó en el periódico local: POLICÍA BUSCA A ORATE° QUE SE INTRODUJO EN EL VELORIO madman
DE DOMITILA FERNÁNDEZ. SE HACE PASAR POR[25] MIEMBRO DE LA FAMILIA FRANCESA COQUIT DE VERSALLES.

[17] **no...alma:**   There was not a soul in it
[18] **hasta...ellos:**   until he attracted the attention of one of them
[19] **¿Cómo "Coquito"?:**   What do you mean "Coquito"?
[20] **El..."Coquito":**   "Coquito" was covered with sweat
[21] **No...boxeo:**   I wouldn't miss one of his boxing matches
[22] **Llamarle...Domitila:**   Calling Domitila a boxer
[23] **echó...sinvergüenza:**   he took off running followed by cries of "stop him" and "rascal"
[24] **muerto de miedo:**   scared to death
[25] **Se...por:**   He pretends to be

▶ Practiquemos el vocabulario

Escoja el vocablo apropiado para cada espacio.

1. caja / bandeja / bodega
   Sirvieron las tazas de chocolate en una _____.

2. linaje / contingencias / compungida
   La familia real es una familia de _____.

3. difunto / viajante / nana
   Mi amigo era _____ de comercio.

4. esquina / iglesia / bodega
   La _____ era el lugar donde vendían coquitos.

5. ataúd / velorio / chisporroteo
   Llegó cuando el _____ estaba más populoso.

6. modales / aventuras / peleas
   Sus _____ denotan prosapia.

7. rosarios / deudos / cirios
   Los _____ estaban encendidos cuando llegó.

8. orate / ataúd / mortuorio
   El muerto estaba dentro del _____.

9. apodo / nombre / célebre
   Estanislao no es un _____ común hispano.

10. bisbiseos / caramelos / tendidos
    Me gustan mucho los _____ de postre.

▶ Preguntas

1. ¿Cuál era el verdadero nombre de "Coquito"?
2. ¿Cómo había obtenido "Coquito" su apodo?
3. Además de coquitos quemados, ¿qué otra cosa le gustaba a "Coquito"?
4. ¿Por qué asistía "Coquito" a tantos velorios?
5. ¿De qué se quejaba y cómo se contentaba "Coquito"?
6. ¿Cuántos años tenía "Coquito" cuando ocurrió el suceso?
7. ¿Cuál era la profesión de "Coquito" en aquel entonces?
8. ¿De qué padecía "Coquito", y cuál era una de las consecuencias de esta enfermedad?
9. ¿Qué era lo primero que hacía "Coquito" al llegar a un pueblo?

10. ¿Qué significan los cielos abiertos para "Coquito" cuando muere una persona importante?
11. ¿Qué hacía "Coquito" para evitar posibles contingencias?
12. ¿Qué le pasó a "Coquito" al llegar al ataúd esa noche?
13. ¿Qué concluyó "Coquito" al ver un par de guantes en el ataúd?
14. ¿Por qué se echó a correr "Coquito" esa noche del velorio?
15. ¿Cómo supo que la policía lo buscaba al día siguiente?

▶ Preguntas personales

1. ¿Le gustó a Ud. el cuento de José Sánchez-Boudy? ¿Por qué?
2. ¿Cómo clasificaría Ud. al personaje de "Coquito"?
3. Si Ud. hubiera sido "Coquito", ¿también se habría echado a correr? Explique.
4. Si no lo ha hecho nunca, ¿quisiera Ud. pasar alguna vez por miembro de una familia importante? Explique.
5. ¿Tenía Ud. un apodo cuando era niño(a)? Explique cómo lo obtuvo y si le gustaba.
6. ¿Cuáles son sus dulces y bebidas favoritos? Explique por qué.
7. ¿Sabe Ud. si sirven chocolate en los velorios norteamericanos?
8. ¿Le gusta a Ud. asistir a los velorios? Diga Ud. por qué, ya sea sí o no su respuesta.

▶ Composición dirigida

Escriba Ud. una composición acerca de un suceso embarazoso que le haya ocurrido. El plan que se propone es para ayudarle en dicho ejercicio.

Título: Un suceso embarazoso

I. *Introducción*
   A. El suceso ocurrió en . . .
   B. Yo tenía . . . años cuando ocurrió
   C. Se trata de . . .

II. *Desarrollo*
   ¿Cómo ocurrió el suceso? ¿Estaba solo(a) o había gente? ¿Cómo reaccionó? ¿Cómo reaccionaron los demás? ¿De quién fue la culpa? ¿Podría haber hecho algo para evitarlo o no tenía remedio?

III. *Conclusión*
   Las consecuencias derivadas de este suceso y la experiencia adquirida por Ud. después de este incidente

Cajas de cartón

Francisco Jiménez

Francisco Jiménez Hijo de un matrimonio humilde, Francisco Jiménez nació en San Pedro Tlaquepaque, México en 1943. Cuando tenía tres años, sus padres se mudaron a los Estados Unidos, donde trabajaron como obreros migratorios en California.

A pesar de sus pocos recursos financieros, Francisco Jiménez logra cursar sus estudios de bachillerato y maestría en la Universidad de Santa Clara en California. Más tarde cursa estudios graduados en la Universidad de Columbia en Nueva York y obtiene su diploma doctoral en 1972.

Francisco Jiménez ha publicado numerosos cuentos, los cuales recalcan las experiencias de los obreros migratorios. También es miembro de la mesa editorial de *La Revista Bilingüe*, y ha publicado varios libros de texto sobre la enseñanza del español.

Francisco Jiménez es profesor asociado de la Universidad de Santa Clara y continúa trabajando en su obra creativa.

Era a fines de agosto. Ito, el contratista, ya no sonreía. Era natural. La cosecha° de fresas° terminaba, y los trabajadores, casi todos braceros,° no recogían tantas cajas de fresas como en los meses de junio y julio.   *harvesting / strawberries* / *farm workers*

Cada día el número de braceros disminuía. El domingo sólo uno—el mejor pizcador°—vino a trabajar. A mí me caía bien.[1] A veces hablábamos durante nuestra media hora de almuerzo. Así es como aprendí que era de Jalisco, de mi tierra natal. Ese domingo fue la última vez que lo vi.   *picker*

Cuando el sol se escondió detrás de las montañas, Ito nos señaló que era hora de ir a casa. ''Ya hes horra'',° gritó en su español mocho.° Ésas eran las palabras que yo ansiosamente esperaba doce horas al día, todos los días, siete días a la semana, semana tras semana, y el pensar que no las volvería a oír me entristeció.   **es hora** *it's time* / *broken*

Por el camino rumbo a casa,[2] Papá no dijo una palabra. Con las dos manos en el volante° miraba fijamente hacia el   *steering wheel*

---

[1] **me caía bien:** I liked him
[2] **rumbo a casa:** headed for home

camino. Roberto, mi hermano mayor, también estaba callado.° quiet
Echó para atrás la cabeza[3] y cerró los ojos. El polvo° que dust
entraba de fuera lo hacía toser° repetidamente. cough

Era a fines de agosto. Al abrir la puerta de nuestra chocita° little shack
me detuve. Vi que todo lo que nos pertenecía estaba empacado en cajas de cartón.[4] De repente sentí aún más el peso° weight
de las horas, los días, las semanas, los meses de trabajo. Me
senté sobre una caja, y se me llenaron los ojos de lágrimas° tears
al pensar que teníamos que mudarnos a Fresno.

Esa noche no pude dormir, y un poco antes de las cinco
de la madrugada Papá, que a la cuenta tampoco había pegado
los ojos en toda la noche,[5] nos levantó. A pocos minutos los
gritos alegres de mis hermanitos, para quienes la mudanza° moving
era una gran aventura, rompieron el silencio del amanecer.
Los ladridos° de los perros pronto los acompañó. barking

Mientras empacábamos los trastes° del desayuno, Papá dishes
salió para encender la "Carcanchita".° Ese era el nombre que jalopy
Papá le puso a su viejo *Plymouth* negro del año '38. Lo compró
en una agencia de carros usados en Santa Rosa en el invierno
de 1949. Papá estaba muy orgulloso° de su carro. "Mi Car- proud
canchita" lo llamaba cariñosamente. Tenía derecho a sentirse
así. Antes de comprarlo, pasó mucho tiempo mirando otros
carros. Cuando al fin escogió la "Carcanchita", la examinó
palmo a palmo.[6] Escuchó el motor, inclinando la cabeza de
lado a lado como un perico,[7] tratando de detectar cualquier
ruido que pudiera indicar problemas mecánicos. Después de
satisfacerse con la apariencia y los sonidos del carro, Papá
insistió en saber quién había sido el dueño.° Nunca lo supo, owner
pero compró el carro de todas maneras. Papá pensó que el
dueño debió haber sido alguien importante porque en el
asiento de atrás encontró una corbata° azul. necktie

Papá estacionó el carro enfrente a la choza° y dejó andando shack
el motor.[8] "Listo", gritó. Sin decir palabra, Roberto y yo comenzamos a acarrear° las cajas de cartón al carro. Roberto to carry
cargó las dos más grandes y yo las más chicas. Papá luego
cargó el colchón° ancho° sobre la capota° del carro y lo amarró° mattress / wide / top / he secured
con lazos° para que no se volara con el viento en el camino. knots

---

[3] **Echó...cabeza:** He tilted his head back
[4] **cajas de cartón:** cardboard boxes
[5] **que...noche:** who for sure had not slept a wink all night long either
[6] **palmo a palmo:** inch by inch
[7] **inclinando...un perico:** tilting his head from side to side like a parrot
[8] **dejó...motor:** left the motor running

Todo estaba empacado menos la olla° de Mamá. Era una   pot
olla vieja y galvanizada que había comprado en una tienda
de segunda[9] en Santa María el año en que yo nací. La olla
estaba llena de abolladuras° y mellas,° y mientras más abollada   dents / nicks
estaba, más le gustaba a Mamá. "Mi olla" la llamaba
orgullosamente.

Sujeté° abierta la puerta de la chocita mientras Mamá sacó   I held
cuidadosamente su olla, agarrándola° por las dos asas° para   grasping it / handles
no derramar° los frijoles cocidos.° Cuando llegó al carro, Papá   to spill / cooked
tendió las manos para ayudarle con ella. Roberto abrió la
puerta posterior del carro y Papá puso la olla con mucho
cuidado en el piso° detrás del asiento. Todos subimos a la   floor
"Carcanchita". Papá suspiró, se limpió el sudor de la frente
con las mangas° de la camisa, y dijo con cansancio: "Es todo."   sleeves

Mientras nos alejábamos,° se me hizo un nudo en la gar-   we moved away
ganta.[10] Me volví y miré nuestra chocita por última vez.

Al ponerse el sol[11] llegamos a un campo de trabajo cerca
de Fresno. Ya que° Papá no hablaba inglés, Mamá le preguntó   since
al capataz° si necesitaba más trabajadores. "No necesitamos   foreman
a nadie", dijo él, rascándose la cabeza, "pregúntele a Sullivan.
Mire, siga este mismo camino hasta que llegue a una casa
grande y blanca con una cerca° alrededor. Allí vive él."   fence

Cuando llegamos allí, Mamá se dirigió a la casa. Pasó por
la cerca, por entre filas° de rosales° hasta llegar a la puerta.   rows / rose bushes
Tocó el timbre.° Las luces del portal se encendieron y un   doorbell
hombre alto y fornido° salió. Hablaron brevemente. Cuando   husky
el hombre entró en la casa, Mamá se apresuró hacia el carro.
"¡Tenemos trabajo! El señor nos permitió quedarnos allí toda
la temporada",° dijo un poco sofocada de gusto[12] y apuntando   season
hacia un garaje viejo que estaba cerca de los establos.

El garaje estaba gastado° por los años. Roídas° por come-   worn out / eaten
jenes,° las paredes apenas sostenían el techo agujereado.° No   termites / leaky
tenía ventanas y el piso de tierra suelta° ensabanaba° todo de   loose / covered
polvo.

Esa noche, a la luz de una lámpara de petróleo, desem-
pacamos las cosas y empezamos a preparar la habitación° para   dwelling
vivir. Roberto, enérgicamente se puso a barrer el suelo;[13] Papá
llenó los agujeros° de las paredes con periódicos viejos y con   holes
hojas de lata.[14] Mamá les dio de comer a mis hermanitos.

---

[9] **tienda de segunda:**   secondhand store
[10] **se...garganta:**   I felt a lump in my throat
[11] **Al...sol:**   At sunset
[12] **sofocada de gusto:**   overcome with joy
[13] **se...suelo:**   he began to sweep the floor
[14] **hojas de lata:**   tin can tops

Papá y Roberto entonces trajeron el colchón y lo pusieron en una de las esquinas del garaje. "Viejita", dijo Papá, dirigiéndose a Mamá, "tú y los niños duerman en el colchón, Roberto, Panchito, y yo dormiremos bajo los árboles."

Muy tempranito por la mañana al día siguiente, el señor Sullivan nos enseñó donde estaba su cosecha y, después del desayuno, Papá, Roberto y yo nos fuimos a la viña° a pizcar. vineyard

A eso de las nueve, la temperatura había subido hasta cerca de cien grados. Yo estaba empapado° de sudor y mi boca covered estaba tan seca° que parecía como si hubiera estado masti- dry cando un pañuelo.[15] Fui al final del surco, cogí la jarra de agua que habíamos llevado y comencé a beber. "No tomes mucho; te vas a enfermar", me gritó Roberto. No había aca- bado de advertirme cuando sentí un gran dolor de estómago. Me caí de rodillas y la jarra se me deslizó de las manos.[16]

Solamente podía oír el zumbido° de los insectos. Poco a buzzing poco me empecé a recuperar. Me eché agua en la cara y en el cuello y miré el lodo° negro correr por los brazos y caer a mud la tierra que parecía hervir.

Todavía me sentía mareado° a la hora del almuerzo. Eran dizzy las dos de la tarde y nos sentamos bajo un gran árbol de nueces° que estaba al lado del camino. Papá apuntó el número walnuts de cajas que habíamos pizcado. Roberto trazaba diseños° en sketches la tierra con un palito.° De pronto vi palidecer° a Papá que little stick / turn pale miraba hacia el camino. "Allá viene el camión° de la escuela", bus susurró° alarmado. Instintivamente, Roberto y yo corrimos he whispered a escondernos entre las viñas. El camión amarillo se paró frente a la casa del señor Sullivan. Dos niños muy limpiecitos y bien vestidos se apearon.° Llevaban libros bajo sus brazos. they got off Cruzaron la calle y el camión se alejó. Roberto y yo salimos de nuestro escondite° y regresamos a donde estaba Papá. hide-away "Tienen que tener cuidado," nos advirtió.

Después del almuerzo volvimos a trabajar. El calor oliente° smelling y pesado,° el zumbido de los insectos, el sudor y el polvo stuffy hicieron que la tarde pareciera una eternidad. Al fin las mon- tañas que rodeaban el valle se tragaron° el sol. Una hora they swallowed después estaba demasiado obscuro para seguir trabajando. Las parras° tapaban las uvas° y era muy difícil ver los racimos.° grapevines / grapes / "Vámonos", dijo Papá señalándonos que era hora de irnos. bunches Entonces tomó un lápiz y comenzó a figurar cuánto habíamos ganado ese primer día. Apuntó números, borró° algunos, es- he erased

---

[15] **que...pañuelo:** that it seemed as if I had been chewing on a handkerchief
[16] **Me...manos:** I fell on my knees and the pitcher slipped from my hands

cribió más. Alzó la cabeza sin decir nada. Sus tristes ojos
sumidos° estaban humedecidos.°

Cuando regresamos del trabajo, nos bañamos afuera con
el agua fría bajo una manguera.° Luego nos sentamos a la
mesa hecha de cajones de madera[17] y comimos con hambre
la sopa de fideos,° las papas y tortillas de harina° blanca recién°
hechas. Después de cenar nos acostamos a dormir, listos para
empezar a trabajar a la salida del sol.

Al día siguiente, cuando me desperté, me sentía magullado;° me dolía todo el cuerpo. Apenas podía mover los brazos y las piernas. Todas las mañanas cuando me levantaba
me pasaba lo mismo hasta que mis músculos se acostumbra-
ron a ese trabajo.

Era lunes, la primera semana de noviembre. La temporada
de uvas se había terminado y ya podía ir a la escuela. Me
desperté temprano esa mañana y me quedé acostado[18] mirando las estrellas y saboreando el pensamiento de no ir a
trabajar[19] y de empezar el sexto grado por primera vez ese
año. Como no podía dormir, decidí levantarme y desayunar
con Papá y Roberto. Me senté cabizbajo° frente a mi hermano.
No quería mirarlo porque sabía que él estaba triste. Él no
asistiría a la escuela hoy, ni mañana, ni la próxima semana.
No iría hasta que se acabara la temporada de algodón, y eso
sería en febrero. Me froté las manos y miré la piel seca y
manchada de ácido enrollarse y caer al suelo.[20]

Cuando Papá y Roberto se fueron a trabajar, sentí un gran
alivio.° Fui a la cima° de una pendiente° cerca de la choza y
contemplé a la "Carcanchita" en su camino hasta que desa-
pareció en una nube° de polvo.

Dos horas más tarde, a eso de las ocho, esperaba el camión
de la escuela. Por fin llegó. Subí y me senté en un asiento
desocupado. Todos los niños se entretenían hablando o
gritando.

Estaba nerviosísimo cuando el camión se paró delante de
la escuela. Miré por la ventana y vi una muchedumbre° de
niños. Algunos llevaban libros, otro juguetes.° Me bajé del
camión, metí las manos en los bolsillos, y fui a la oficina del
director. Cuando entré oí la voz de una mujer diciéndome:
"May I help you?" Me sobresalté.° Nadie me había hablado

sunken / watery

hose

vermicelli / flour / freshly

beat up

with my head down

relief / peak / slope

cloud

crowd
toys

I was startled

---

[17] **cajones de madera:** wooden crates
[18] **me quedé acostado:** I stayed in bed
[19] **saboreando...trabajar:** enjoying the thought of not going to work
[20] **Me...suelo:** I rubbed my hands and I saw my dry and acid-tainted skin peel off and fall to the ground

inglés desde hacía meses. Por varios segundos me quedé sin poder contestar. Al fin, después de mucho esfuerzo, conseguí decirle en inglés que me quería matricular en el sexto grado. La señora entonces me hizo una serie de preguntas que me parecieron impertinentes. Luego me llevó a la sala de clase.

El señor Lema, el maestro de sexto grado, me saludó cordialmente, me asignó un pupitre,° y me presentó a la clase. Estaba tan nervioso y tan asustado° en ese momento cuando todos me miraban que deseé estar con Papá y Roberto pizcando algodón. Después de pasar la lista,[21] el señor Lema le dio a la clase la asignatura° de la primera hora. "Lo primero que haremos esta mañana es terminar de leer el cuento que comenzamos ayer", dijo con entusiasmo. Se acercó a mí, me dio su libro y me pidió que leyera. "Estamos en la página 125", me dijo. Cuando lo oí, sentí que toda la sangre me subía a la cabeza; me sentí mareado. "¿Quisieras leer?", me preguntó en un tono indeciso. Abrí el libro a la página 125. Mi boca estaba seca. Los ojos se me comenzaron a aguar.° El señor Lema entonces le pidió a otro niño que leyera.

Durante el resto de la hora me empecé a enojar° más y más conmigo mismo. Debí haber leído, pensaba yo.

Durante el recreo° me llevé el libro al baño y lo abrí a la página 125. Empecé a leer en voz baja, pretendiendo que estaba en clase. Había muchas palabras que no sabía. Cerré el libro y volví a la sala de clase.

El señor Lema estaba sentado en su escritorio. Cuando entré me miró sonriéndose. Me sentí mucho mejor. Me acerqué a él y le pregunté si me podía ayudar con las palabras desconocidas. "Con mucho gusto", me contestó.

El resto del mes pasé mis horas de almuerzo estudiando ese inglés con la ayuda° del buen señor Lema.

Un viernes durante la hora del almuerzo, el señor Lema me invitó a que lo acompañara a la sala de música. "¿Te gusta la música?", me preguntó. "Sí, muchísimo", le contesté entusiasmado, "me gustan los corridos° mexicanos." Él cogió una trompeta, la tocó un poco y luego me la entregó. El sonido me hizo estremecer.° Me encantaba ese sonido. "¿Te gustaría aprender a tocar este instrumento?", me preguntó. Debió haber comprendido la expresión en mi cara porque antes que yo le respondiera, añadió: "Te voy a enseñar a tocar esta trompeta durante las horas de almuerzo."

Ese día casi no podía esperar el momento de llegar a casa y contarles las nuevas° a mi familia. Al bajar del camión me

[21] **Después...lista:** After calling the roll

encontré con mis hermanitos que gritaban y brincaban de alegría.[22] Pensé que era porque yo había llegado, pero al abrir la puerta de la chocita, vi que todo estaba empacado en cajas de cartón . . .

Francisco Jiménez

▶ Practiquemos el vocabulario

Escoja el vocablo apropiado.

1. chocita / casa / escuela
   El niño era muy pobre y por eso vivía en una _____ .

2. caja / cerca / olla
   Mamá cocinó los frijoles en la _____ .

3. bracero / capataz / maestro
   El jefe de los trabajadores era el _____ .

4. fresas / comejenes / cajas
   Las paredes del garaje estaban roídas por _____ .

5. montaña / olla / manguera
   Usé una _____ para beber agua en el parque.

6. surco / pupitre / perico
   Me senté en un _____ en la escuela.

7. portal / peso / timbre
   Toqué el _____ antes de entrar en casa.

8. viña / capota / volante
   Puse el colchón sobre la _____ del carro.

9. nuevas / abolladuras / racimos
   El camión estaba lleno de _____ grandes.

10. hojas de lata / uvas / chocitas
    Me gustan mucho las _____ de California.

▶ Preguntas

1. ¿En qué mes terminaba la cosecha de fresas?

---

[22] **que...alegría:** Who were shouting and jumping for joy

2. ¿Cuántas horas al día trabajaban los braceros?

3. ¿Por qué se tenía que mudar la familia de Panchito?

4. ¿Cómo era la "Carcanchita" del papá? Explique.

5. ¿Por qué pensó el padre que el antiguo dueño del carro debió haber sido alguien importante?

6. ¿Cuáles eran las cosas favoritas del padre y de la madre?

7. ¿Dónde estaba la nueva casa en que iba a vivir la familia?

8. ¿Hizo algo la familia por arreglar el nuevo hogar?

9. ¿Por qué se escondieron Panchito y Roberto al ver el camión de la escuela?

10. Después de regresar del trabajo, ¿qué comió la familia?

11. ¿Por qué Panchito podrá ir a la escuela en noviembre pero su hermano Roberto no?

12. ¿En qué grado se matriculó Panchito cuando fue a la escuela?

13. ¿Por qué no pudo leer Panchito cuando le pidió el señor Lema que leyera?

14. ¿Por cuánto tiempo asistió a la escuela Panchito?

15. ¿Cómo termina el cuento? ¿Alegre? ¿Triste? Explique.

▶ Preguntas personales

1. ¿Qué significado tiene el título del cuento?

2. ¿Piensa Ud. que los braceros son explotados económicamente?

3. ¿Ha tenido Ud. experiencias similares a las del muchacho?

4. ¿Qué opina Ud. de la actitud del muchacho respecto a los estudios?

5. ¿Quién cree Ud. que tenga la culpa de que el muchacho no pueda estudiar? Explique.

6. ¿Qué hubiera hecho Ud. para ayudar al muchacho?

7. ¿Cree Ud. que es difícil estudiar y tener que trabajar a la vez?

8. ¿Piensa Ud. que este cuento está bien desarrollado? ¿Por qué?

▶ Composición dirigida

Según el plan que se le ofrece aquí, escriba Ud. una composición sobre el siguiente tema:

Título: El bracero y sus problemas

I. *Introducción*
Defina lo que es un bracero

II. *Desarrollo*
   A. Describa Ud. las condiciones de vida del bracero respecto a los siguientes puntos:
      1. la familia
      2. el trabajo
      3. el modo de vida
      4. la educación
      5. la situación económica
   B. Exponga sus puntos de vista sobre la causa de los problemas del bracero

III. *Conclusión*
   Exprese su opinión a favor o en contra:
   A. La vida del bracero debe (no debe) mejorarse
   B. El gobierno tiene (no tiene) una obligación moral de mejorar la vida del bracero

La carga de los 74

Celedonio González

Celedonio González Con razón se le ha llamado a Celedonio González "El cronista de la diáspora", ya que en todas sus obras describe con verdadero realismo la vida de sus coterráneos cubanos en los Estados Unidos.

Nacido en La Esperanza, Cuba en 1923, Celedonio González llegó a tierras norteamericanas en 1960, donde después de desempeñar diversos oficios y de vivir por algún tiempo en Chicago, se trasladó a la ciudad de Miami, donde reside actualmente.

Celedonio González ha cultivado la novela y el cuento con igual éxito. Su primera novela, *Los primos* (1971), un retrato conmovedor del exilio cubano, recibió elogios por parte de la crítica. Ese mismo año, su volumen de cuentos, *La soledad es una amiga que vendrá*, salió a la luz y su éxito fue inmediato. Dos años más tarde publicó su segunda novela, *Los cuatro embajadores*, y en 1979 su tercera, *El espesor del pellejo de un gato ya cadáver*.

Desde hace meses Celedonio González viene trabajando en la publicación de cuatro obras teatrales junto con otra novela, *Miamifla*, la cual tratará el tema del exilio cubano desde sus comienzos hasta el advenimiento de los recién llegados refugiados en "La Flotilla de la Libertad".

Corrían los tiempos[1] de las residencias por el Canadá.[2] Muchos cubanos, porque así se lo exigían en sus trabajos,[3] empezaban las gestiones,° y cuando todo estaba a punto, recibían la cita° para una fecha determinada y se iban con la familia para aprovechar el viaje hacia el norte. — preparations / summons

Un amigo mío, de nombre Fernando, y su esposa, decidieron acuciados° por los motivos ya explicados, obtener la legalización de su *status*, y llegó la hora de hacer el viaje. Cuando estaban empacando, se apareció una dificultad inesperada:° la madre de la muchacha, suegra° de Fernando, que era una señora sumamente delicada, con un corazón que ya había dado señales de mal funcionamiento,[4] se empecinaba° — urged / unexpected / mother-in-law / she was determined

---

[1] **corrían los tiempos:** those were the days

[2] According to immigration laws Cuban refugees trying to obtain permanent residence status in the United States had to go through a third country to be processed.

[3] **así...trabajos:** because that was what was demanded of them in their jobs

[4] **que...funcionamiento:** that already had shown signs of weakness

a hacer el viaje. Ella había soñado° toda su vida con ver las
famosas cataratas° del Niágara y no era justo que desperdi-
ciara° esa oportunidad, que seguramente sería la última, de
disfrutar del espectáculo. Después de inútiles razonamientos
de parte de la hija, Fernando, que era muy comedido° y no
gustaba terciar° en esas delicadas controversias, hubo de acep-
tar al nuevo pasajero. Todos de acuerdo en el espacioso *station
wagon*, dispusieron° lo necesario y sobre el amplio techo del
carro colocaron el bote indio° en que Fernando gustaba ex-
cursionar, tapado° con una fuerte lona° y atado° con las sogas°
que se tenían al efecto.[5]

    El viaje de ida fue una delicia. Después de hacer noche[6]
en uno de los moteles que había cerca del punto de destino,°
se dirigieron a la Embajada° y rápidamente dieron fin a los
trámites° reglamentarios.° Y terminado el objetivo vital del
viaje, iniciaron el paseo que complacería a la madre y a ellos
también; primero fueron a visitar las cataratas, y después de
hacer una comida ligera° allí, empezaron a recorrer lugares
sin previa intención porque según decía[7] Fernando, esa era
la manera lógica de encontrar cosas encantadoras. Andaban
en esos trajines[8] cuando observaron un lago precioso al que
se podía llegar a pie[9] con suma facilidad por su proximidad
a la carretera.° Descendieron, después de dejar el carro a la
orilla del camino, y fueron acercándose sobrecogidos° a la
vista inigualable° del lago rodeado de abetos° hermosísimos.

    —Aquí me gustaría tener una cabaña° —dijo Fernando,
mirando para sus compañeras.

    —A mí también, pero sólo no me gusta una cosa, no se ve
a nadie por ninguna parte. Tiene que haber algún motivo
. . .

    —Es verdad, hija, ¡Qué solitario° es todo esto!

    Empezaron a caminar a la inversa,[10] porque la noche ya
había hecho sus primeros amagos,[11] cuando de repente, la
señora se desplomó.° Corrieron los jóvenes, sólo para comprobar lo presentido, ya no había que apurarse.[12] La señora
estaba muerta. La mujer lloró y el hombre arrugó su frente.[13]

Glosses (right margin):
dreamed
falls
to waste

polite
to take part

they prepared
canoa canoe
covered / canvas /
   tied / ropes

destination
Embassy
procedures /
   required

light

highway
overwhelmed
unequaled / spruces
cabin

lonesome

she collapsed

---

[5] **que...efecto:**　that were available for that purpose
[6] **Después...noche:**　after spending the night
[7] **según decía:**　according to
[8] **Andaban...trajines:**　They were engaged in those chores
[9] **que...pie:**　which one could reach on foot
[10] **Empezaron...inversa:**　They started to walk back
[11] **ya...amagos:**　it was already getting dark
[12] **ya...apurarse:**　there was no longer any need to hurry
[13] **arrugó su frente:**　frowned

—Tenemos que llevarla para Boston, para hacerle allí los funerales que ella se merece —dijo compungida° la mujer.　　distressed

—Eso no es tan fácil. Primero hay que dar cuenta a las autoridades,[14] velarla aquí, y después pasar la frontera.°　　border

Ya anochecía inmisericordemente.° Fernando, un poco distante, cavilaba.° Ella, junto al cadáver.　　unmercifully / (he) was pondering

—Llevémosla sin decir nada y hacemos como que[15] murió en Boston.

—Tú no harías eso si fuera la autora de tus días.[16]

—El otro trámite será costosísimo,° y tú sabes que no estamos en condiciones de afrontarlo.[17] Seamos prácticos, ya nada podemos hacer por ella.　　extremely expensive

Después de muchos titubeos° y argumentaciones, la mujer accedió.° Cargaron el cadáver, lo colocaron dentro del bote con sumo cuidado, después lo cubrieron con la lona y con mil precauciones gastaron la cuerda en vueltas° y más vueltas, hasta convencerse de la seguridad de la carga para el largo viaje.　　hesitations / (she) agreed / turns

Emprendieron el macabro regreso. Ella, dolorida° por aquella situación que nunca pensó pudiera producirse, pero comprendiendo los razonamientos de Fernando. Él, nervioso, tenso siempre y manejando° con más cuidado que si° llevara un cargamento de explosivos en su techo.° Cuando habían recorrido diez horas de lento viaje, la mujer le pidió parar para tomar algo, y él, a regañadientes,[18] accedió. Parqueó° su fúnebre carga con exquisito cuidado, tratando de olvidarse del extraño viaje que pendía° sobre sus cabezas. Entraron en un lugar del camino, no sin antes volver la vista para echar una mirada de desconfianza al motivo de sus preocupaciones.[19] —Café —pidió ella. Él la imitó. —Con unos *doughnuts* —agregó ella. Al cabo de los diez minutos, ya más confiados, pagaron el consumo[20] y se volvían para hacer la segunda etapa° del viaje. Al salir, los dos miraron para donde debía estar el carro, como movidos por el mismo resorte.°　　grieving / driving / as though / roof (of car) / **Estacionó** / he was hanging / stage / force

—¿Dónde tú dejastes° el carro?　　**dejaste**

—¿Cómo, dónde dejé el carro? ¡Allí!

—No puede ser, allí no está. ¿Estás seguro?

---

[14] **hay...autoridades:** one must notify the authorities
[15] **hacemos como que:** we'll pretend as though
[16] **autora...días:** your mother
[17] **no...afrontarlo:** we can't afford it
[18] **a regañadientes:** grumbling
[19] **no...preocupaciones:** not without first looking back with a suspicious glance because of their concern
[20] **pagaron el consumo:** they paid for what they had eaten

—Segurísimo.

—¡Se lo han robado! ¡Dios mío! ¿Y ahora que es lo que vamos a hacer?

Se pusieron los dos a dar vueltas alrededor del estableci-miento[21] sin resultados positivos. No quedaba la menor huella° del carro y su carga. Había desaparecido. Notificaron a la policía desde un teléfono público y luego, ya en Boston, explicaron con absoluta veracidad todos los detalles del des-dichado° accidente.

Hoy Fernando hace una vida tranquila; de la factoría° para su programa preferido de televisión, sin poder esperar el *late-show,* que es lo que más le gusta, porque al otro amanecer,° otra vez la factoría. Viven en el sur de la Florida, al norte de Cayo Hueso,° en una ciudad muy calurosa. Han pasado siete años y él con su señora se han hecho ciudadanos americanos.

trace

unfortunate

fábrica

dawn

Key West

▶ Practiquemos el vocabulario

Escoja el vocablo apropiado haciendo cambios de género y número cuando sean necesarios:

huella	cita	comedido	sogas
gestión	autora	titubeo	suegra
ligero	trajines	trámites	lona

1. La madre de mi esposa es mi _____ .
2. El criminal se escapó sin dejar la menor _____ .
3. Cubrí el bote indio con una _____ .
4. Até al desdichado con esas _____ .
5. Mi madre es la _____ de mis días.
6. Ayer empecé las _____ para obtener mi residencia.
7. A ella no le gusta terciar porque es muy _____ .
8. Después de muchos _____ , el profesor no nos dio el examen.
9. Mi esposa está muy ocupada con los _____ de la casa.
10. Hago una comida _____ todos los días.

---

[21] **Se...establecimiento:** they both started to walk around the store

▶ Preguntas

1. ¿Qué le exigían a los cubanos en los trabajos?
2. ¿Cuál fue la dificultad inesperada que se le presentó a la familia cuando estaban empacando?
3. ¿Cómo era el estado de salud de la suegra de Fernando?
4. ¿Con qué había soñado la suegra toda su vida?
5. Después de terminar los trámites, ¿qué hizo la familia?
6. ¿Qué sucedió cuando caminaban de regreso?
7. ¿Cómo reaccionaron Fernando y su esposa?
8. ¿Por qué no era tan fácil llevar el cadáver de la madre a Boston?
9. ¿Qué decidieron hacer y por qué?
10. ¿Dónde colocaron el cadáver de la madre?
11. ¿Qué les pasó al salir del establecimiento?
12. ¿Qué hicieron y cuál fue el resultado?
13. ¿Dónde trabaja Fernando hoy día?
14. ¿Qué tipo de vida hace y dónde vive?
15. ¿Cuál es su estado legal en la actualidad?

▶ Preguntas personales

1. ¿Piensa Ud. que Fernando y su esposa tomaron la decisión correcta con respecto al caso de la suegra?
2. ¿Habría Ud. hecho lo mismo? Dé sus explicaciones.
3. ¿Está Ud. de acuerdo con Fernando de que la mejor manera de encontrar cosas encantadoras es recorrer los lugares sin previa intención? Explique.
4. ¿Quisiera Ud. emigrar a otro país? Explique.
5. Si Ud. estuviera viviendo en otro país, ¿cambiaría su ciudadanía?
6. ¿Le gustaría a Ud. tener una cabaña en las montañas? ¿Por qué?
7. ¿Cómo clasificaría Ud. este cuento? ¿Triste, alegre, cómico?
8. ¿Por qué se titula este cuento "La carga de los 74"?

▶ Composición dirigida

Al escribir su composición, pretenda Ud. que es un empleado del gobierno federal que trabaja para la agencia de inmigración.

Título: La inmigración a los Estados Unidos.

I. *Introducción*
¿Por qué inmigra la gente?

II. *Desarrollo*
A. Los Estados Unidos, país de inmigrantes
B. ¿Deben los Estados Unidos mantener una posición de puertas abiertas tocante a la inmigración o deben cerrarlas y mantenerla sólo en casos especiales?
1. ¿Cuáles serían esos casos especiales?
2. ¿Cuáles son algunos beneficios que trae la inmigración?
3. ¿Cuáles son algunas desventajas de ella?
C. ¿Les quitan los inmigrantes trabajos a los nativos o después, a través de los años, les proporcionan trabajos a los nativos?
D. ¿Cómo se podría resolver el caso de los inmigrantes ilegales?

III. *Conclusión*
Defina Ud. sus ideas personales sobre la inmigración

9

Entre juegos

Roberto G. Fernández

Roberto G. Fernández   Roberto G. Fernández nació en Sagua la Grande, Cuba en 1949, y ha vivido en los Estados Unidos desde que su familia se exilió en 1961.

Después de hacer estudios en la Universidad de Florida Atlantic, se trasladó a la Universidad de Florida State, donde recibió el título de Doctor en Filosofía.

Los cuentos del joven autor han aparecido en diferentes revistas literarias, y uno de ellos, "Entre juegos", que aquí se ofrece, recibió el premio de la Sociedad Nacional Hispánica Sigma Delta Pi. Sus últimas creaciones literarias han sido incluídas en los libros *Cuentos sin rumbos* (1975), y *El jardín de la luna* (1976).

Roberto Fernández es profesor visitante en la Universidad de Florida State y está terminando su primera novela, *La vida es un special*, la cual narra las experiencias de los cubanos en los Estados Unidos.

La ciudad estaba rodeada.° Las tropas avanzaban cada vez con más ímpetu y efectividad. El cielo se iba cubriendo poco a poco de un color metálico, comenzando a relampaguear metralla.[1] En otra ocasión, el espectáculo aéreo hubiera sido digno de una postal.[2]

    Las bañeras° estaban llenas de agua potable.° El matrimonio se encontraba en el saloncito° de arriba. Ésta era la habitación más resguardada° en aquel laberinto de cristales. Un disparo de mortero[3] había caído precisamente en la planta baja,[4] produciendo un boquete° por donde se observaban las sillas mutiladas del comedor, el televisor sin pantalla,° y los miles de pedazos de vidrio° que sin duda pertenecían a las lámparas del recibidor.° La familia ignoraba los sucesos de abajo, aunque habían oído el estruendo° ensordecedor.°

    Sintonizó° el radio portátil con intención de cerciorarse° del avance, pero sin saber por qué, lo apagó.° Los partes° del

surrounded

bathtubs / drinking
small room
protected

gap
screen
glass
anteroom
noise / deafening
tuned in / finding out
he turned (it) off / bulletins

---

[1] **comenzando…metralla:**   as it was beginning to flash with shrapnel
[2] **hubiera…postal:**   would have been worthy of a picture postcard
[3] **Un…mortero:**   A mortar round
[4] **la planta baja:**   the ground floor

gobierno eran todos iguales: "Nuestro glorioso ejército ya ha establecido la calma . . . Todo está en orden . . . No existe una rebelión armada." Con qué facilidad proclamaba el locutor° el orden, cuando estaban lloviendo balas° sobre él, su mujer y su hija. *announcer / bullets*

La niña nerviosa preguntó a su madre qué era morir. Su padre mencionaba esa extraña palabra tantas veces. La mujer acariciándole° los cabellos, le dió una explicación. "Morir, mi hijita, es como cuando se durmió tu pollito° y no se despertó más." *caressing* *chicken*

—¿Y tú te mueres mamá?
—Sí. Yo también me muero.
—Pero no hoy, ¿verdad?
—No. No hoy.
—Entonces, ¡podremos jugar a las muñecas!° *dolls*

Hacía más de una semana que se encontraban en aquel saloncito que iba adquiriendo aspecto de corral. Se retrataba en sus rostros el miedo a la eternidad—el pánico al cese° de las actividades vitales. *ceasing*

Él hacía ademanes° de querer salir de la guarida.° No quería darles la impresión que sentía miedo. Sus nervios lo delataban° a cada instante. Ella le quitó aquella carga de encima[5] con un simple: "¡Quédate, nos haces falta!"[6] Se lo dijo por compasión. Para no destruir su hombría.° Bien sabía que estaba asustado.[7] Ella lo estaba también. *gestures / shelter* *(they) gave him away* *manhood*

Oyeron ruidos de tanques que se deslizaban° por las calles. La lucha se encarnecía,° escuchándose los vivas° de ambos bandos;° entremezclados° con gritos de dolor y sangre recién parida.° La radio trasmitía un programa especial de música clásica en honor al aniversario de bodas del primer mandatario.[8] *(they) were sliding* *(it) got fiercer / cheers* *sides / mixed* *shed*

Las raciones comenzaron a escasear° y la niña hambrienta le suplicó a su madre que le diera su comida a la muñeca que había dejado en la sala. Ella encendió el reverbero.° Calentó una cazuela° de agua con azúcar. El agua con azúcar se les daba a los puercos° cuando estaban en ceba,[9] o a los pobres cuando no tenían que comer para que se contentaran. Trató de aclararse[10] a quién se le daba el azúcar, pero se le olvidaba. Estaba agotada.° *to diminish* *alcohol stove* *pot* *hogs* *exhausted*

[5] **carga de encima:** worry
[6] **¡Quédate...falta!:** Stay, we need you
[7] **Bien...asustado:** She knew very well that he was scared
[8] **en...mandatario:** honoring the head of the government's wedding anniversary
[9] **cuando...ceba:** when they were being fattened
[10] **Trató de aclararse:** She tried to clear up in her own mind

La atmósfera olía a polvora.° El saloncito impregnado de
sudor sabía a gente.[11] Él la miró con ojos de deseo[12] y ella le
respondió con igual intensidad. La niña los miró sin comprender aquel juego. Al cabo de un rato, les preguntó si podía
jugar "el juego de los ojos".

gunpowder

La iglesia comenzaba a repicar a muerto.[13] ¿Sería posible
que las tropas hubieran burlado° las líneas de defensa del
gobierno?

penetrated

Iba cayendo la noche y la luz que se filtraba por los cristales
que quedaban, se hacía más tenue.[14] Él se acercó tomándole
una mano. Comenzó a jugar con ella. Su mujer le pagó la
caricia° con una sonrisa. La niña tomó sus manos y comenzó
a jugar con ellas, entrelazándolas. Se rió mucho, repitiendo
a cada instante que le gustaba mucho vivir en el saloncito y
jugar a los ojos y a las manos. El estallido de una granada se
oyó a lo lejos.[15]

caress

La habitación estaba a oscuras.[16] La pequeña° dormía pro-
fundamente. Ellos quisieron crear vida cuando se aproximaba
la muerte. Los suspiros° inundaban el recinto.° Se hacían cada
vez más fuertes hasta convertirse en bramidos° de animales
que trataban de asegurar la supervivencia de la especie en
peligro.[17] De pronto, la niña se despertó y absorta° contempló
a sus padres. Sin entender, se aproximó, tirándose sobre ellos
mientras repetía: "Así no vale;[18] yo también quiero jugar este
juego."

little one

sighs / place
bellows

engrossed

La ciudad ardía de extremo a extremo.[19] Las tropas habían
vencido. Las fuerzas del gobierno se retiraban en desorden,°
mientras que la campana° trataba de tocar a muerto, y el viento
arreciaba° impregnando las ruinas con olor a sangre vieja.

disarray
bell
(it) was growing
stronger

Roberto G. Fernández

---

[11] **sabía...gente:** smelled like people
[12] **con...deseo:** with lustful eyes
[13] **comenzaba...muerto:** was beginning to toll death
[14] **se...tenue:** was becoming dimmer
[15] **El...lejos:** the explosion of a grenade was heard in the distance
[16] **La...oscuras:** the room was dark
[17] **la...peligro:** the survival of endangered species
[18] **Así no vale:** That's not fair
[19] **La...extremo:** the city was burning from one end to the other

▶ Practiquemos el vocabulario

Escoja el vocablo apropiado haciendo cambios de género y número cuando sean necesarios:

caricia	campana	guarida	parte
reverbero	resguardada	bañera	puercos
hambrienta	recibidor	agotado	asustado

1. Las _____ estaban llenas de agua para bañarse.
2. La familia no salió de su _____ cuando oyó el estallido de una granada.
3. Generalmente, el _____ está en la planta baja de la casa.
4. La señora estaba _____ porque trabajó mucho.
5. Sintonizó el radio para escuchar los _____ del gobierno.
6. Los _____ se encontraban comiendo en el corral.
7. El saloncito era la habitación más _____ de la casa.
8. María y Ana no han comido nada y están muy _____ .
9. Mi hija calentó la comida en un _____ .
10. El matrimonio oía el repicar de la _____ .

▶ Preguntas

1. ¿Por qué se encontraba la familia en el saloncito?
2. ¿En qué condiciones estaba la planta baja de la casa?
3. ¿Por qué sintonizó el padre el radio portátil?
4. ¿Cuál era el mensaje de todos los partes del gobierno?
5. ¿Qué le preguntó la niña a su madre? Explique por qué.
6. ¿Cuánto tiempo hacía que la familia estaba en el saloncito?
7. ¿Qué se retrataba en los rostros de los familiares?
8. ¿Por qué quería el padre salir de la guarida? Explique.
9. ¿Qué oyó la familia mientras estaba en la guarida?
10. ¿Qué comenzó a transmitir la estación de radio mientras se luchaba?
11. ¿Cuál era el único alimento que tenía la familia?
12. ¿A quién quería la niña que se lo diera? ¿Por qué?
13. ¿A quiénes se les daba este alimento en otros tiempos?
14. ¿Qué hicieron los padres rodeados de tanto peligro?
15. ¿Por qué la niña pensaba que la guerra era un juego?

▶ Preguntas personales

1. ¿Le hubiera Ud. dado a su hija la misma explicación sobre la muerte que le dio la madre a la niña?

2. ¿Le parece a Ud. lógico lo que comenzaron a hacer los padres en medio de la guerra?

3. ¿Qué habría hecho Ud. si se hubiera encontrado en la misma situación?

4. ¿Ha presenciado o participado Ud. o un pariente suyo en una guerra? Cuente su experiencia o la de su pariente.

5. ¿Cree Ud. que una guerra civil es peor que una guerra entre países?

6. ¿Qué visión de la guerra nos da Fernández en este cuento?

7. ¿Qué elementos estilísticos usa el autor para crear un ambiente de terror?

8. ¿Podría Ud. dar una interpretación del título del cuento?

▶ Composición dirigida

Tenga en cuenta el plan que aquí se le ofrece y luego desarrolle el tema bajo título.

Título: Las guerras

I. *Introducción*
   A. ¿Por qué hay guerras en el mundo?
   B. ¿Cuáles son sus causas?

II. *Desarrollo*
   A. ¿Se puede justificar una guerra?
   B. ¿Cuáles son sus consecuencias?
   C. El efecto de las guerras en:
      1. la familia
      2. la economía
      3. el pueblo (o la gente)

III. *Conclusión*
   Cómo se pueden evitar las guerras
   A. ¿Qué se puede hacer para evitar las guerras?
   B. ¿Qué organizaciones harían falta?
   C. ¿Cómo se podrían mejorar las relaciones entre los países o entre los grupos políticos de un país?

10

En el fondo del caño hay un negrito

José Luis González

José Luis González Hijo de padre puertorriqueño y madre dominicana, José Luis González nació en Santo Domingo, Republica Dominicana en 1926. A la edad de cuatro años se trasladó a Puerto Rico, lugar donde cursó sus estudios primarios y secundarios.

José Luis González comenzó su carrera literaria a los diecisiete años y hoy día se le conoce como un verdadero pionero de la renovación del cuento puertorriqueño. Entre sus obras más destacadas figuran los libros de cuentos *En la sombra* (1943), *Cinco cuentos de sangre* (1945), *El hombre en la calle* (1948), *En este lado* (1954) y las novelas *Paisa* (1950), *Mambrú se fue a la guerra* (1972) y *Balada de otro tiempo*.

El autor, luchador incansable por la independencia de Puerto Rico, ha vivido en los Estados Unidos y Europa. En la actualidad reside en México donde ocupa la cátedra de literatura latinoamericana en la Universidad Nacional Autónoma de México.

1

La primera vez que el negrito Melodía vio al otro negrito en el fondo° del caño[1] fue en la mañana del tercer o cuarto día después de la mudanza, cuando llegó gateando° hasta la única puerta de la nueva vivienda° y se asomó° para mirar hacia la quieta superficie° del agua allá abajo.

bottom

crawling

dwelling / he leaned over

surface

Entonces el padre, que acababa de despertar[2] sobre el montón de sacos vacíos° extendidos en el piso, junto a la mujer semidesnuda° que aún dormía, le gritó:

empty

half-naked

—¡Mire . . . eche p'adentro! ¡Diantre 'e° muchacho desinquieto![3]

este

Y Melodía, que no había aprendido a entender las palabras, pero sí a obedecer los gritos, gateó otra vez hacia adentro y se quedó silencioso en un rincón, chupándose° un dedito porque tenía hambre.

sucking

---

[1] **caño:** canal in a tidal swamp; in this story it refers to Caño de Martín Peña, a slum in San Juan, Puerto Rico

[2] **que...despertar:** who had just awakened

[3] **¡Mire...desinquieto!:** Hey! Come back inside! Restless little devil!

El hombre se incorporó° sobre los codos.° Miró a la mujer   (he) sat up / elbows
que dormía a su lado y la sacudió° flojamente° por un brazo.   (he) shook / gently
La mujer despertó sobresaltada, mirando al hombre con ojos
de susto.[4] El hombre rió. Todas las mañanas era igual: la
mujer salía del sueño[5] con aquella expresión de susto que a
él le provocaba un regocijo° sin maldad.[6] La primera vez que   joy
vio aquella expresión en el rostro de su mujer no fue en
ocasión de un despertar, sino la noche que se acostaron juntos
por primera vez. Quizá por eso a él le hacía gracia[7] verla
despabilarse° así todas las mañanas.   awaken
    El hombre se sentó sobre los sacos vacíos.
    —Bueno —se dirigió entonces a la mujer—. Cuela° el café.   (You) make
Ella tardó un poco en contestar:
    —Ya no queda.
    —¿Ah?
    —No queda. Se acabó ayer.
    Él empezó a decir: "¿Y por qué no compraste más?", pero
se interrumpió cuando vio que en el rostro de su mujer comenzaba a dibujarse aquella otra expresión, aquella mueca°   grimace
que a él no le causaba regocijo y que ella sólo hacía cuando
él le dirigía preguntas como la que acababa de truncar° ahora.   cut short
La primera vez que vio aquella expresión en el rostro de su
mujer fue la noche que regresó a la casa borracho° y deseoso   drunk
de ella pero la borrachera no lo dejó hacer nada. Tal vez por
eso al hombre no le hacía gracia aquella mueca.
    —¿Conque° se acabó ayer?   so
    —Ajá.°   Yes
    La mujer se puso de pie y empezó a meterse el vestido[8]
por la cabeza. El hombre, todavía sentado sobre los sacos
vacíos, derrotó° su mirada° y la fijó durante un rato en los   (he) shifted / glance
agujeros de su camiseta.°   undershirt
    Melodía, cansado ya de la insipidez° del dedo, se decidió   tastelessness
a llorar. El hombre lo miró y le preguntó a la mujer:
    —¿Tampoco hay na pal° nene?°   **nada para el** / baby
    —Sí. Conseguí unas hojitas de guanábana[9] y le gua° hacer   **voy a**
un guarapillo° horita.°   broth / **ahorita**
    —¿Cuántos días va que no toma leche?
    —¿Leche? —la mujer puso un poco de asombro° incons-   amazement
ciente en la voz—. No me acuerdo.

---

[4] **con...susto:** with fear in her eyes
[5] **salía del sueño:** would wake up
[6] **sin maldad:** without malice
[7] **le hacía gracia:** it amused him
[8] **se...vestido:** stood up and began putting on her dress
[9] **hojitas de guanábana:** soursop leaves

El hombre se levantó y se puso los pantalones. Después se allegó° a la puerta y miró hacia afuera. Le dijo a la mujer:
—La marea° ta° alta. Hoy hay que dir° en bote.

Luego miró hacia arriba, hacia el puente° y la carretera. Automóviles, guaguas° y camiones° pasaban en un desfile° interminable.° El hombre observó cómo desde casi todos los vehículos alguien miraba con extrañeza hacia la casucha° enclavada° en medio de aquel brazo de mar:[10] el "caño" sobre cuyas márgenes° pantanosas° había ido creciendo hacía años el arrabal.° Ese alguien por lo general empezaba a mirar la casucha cuando el automóvil, la guagua o el camión llegaba a la mitad del puente, y después seguía mirando, volviendo gradualmente la cabeza hasta que el automóvil, la guagua o el camión tomaba la curva allá adelante y se perdía de vista.[11] El hombre se llevó una mano desafiante a la entrepierna y masculló:[12]
—¡Pendejos!°

Poco después se metió en el bote y remó° hasta la orilla. De la popa° del bote a la puerta de la casa había una soga larga que permitía a quien quedara en la casa atraer nuevamente el bote hasta la puerta. De la casa a la orilla había también un puentecito de tablas,° que se cubría con la marea alta.

Ya en tierra, el hombre caminó hacia la carretera. Se sintió mejor cuando el ruido de los automóviles ahogó° el llanto° del negrito en la casucha.

he approached — (he) approached
tide / está / ir
bridge
autobuses / trucks / parade
endless
hut
embedded
edges / swampy
slum

Bastards!
he rowed
stern

boards

(it) drowned / crying

2

La segunda vez que el negrito Melodía vio al otro negrito en el fondo del caño fue poco después del mediodía, cuando volvió a gatear hasta la puerta y se asomó hacia abajo. Esta vez el negrito en el fondo del caño le regaló una sonrisa a Melodía. Melodía había sonreído primero y tomó la sonrisa del otro negrito como una respuesta a la suya. Entonces hizo así con la manita,[13] y desde el fondo del caño el otro negrito también hizo así con la manita. Melodía no pudo reprimir° la risa, y le pareció que también desde allá abajo llegaba el sonido de otra risa. La madre lo llamó entonces porque el segundo guarapillo de hojas de guanábana ya estaba listo.

hold back

---

[10] **brazo de mar:** inlet
[11] **se...vista:** was lost from sight
[12] **se...masculló:** made an obscene gesture by putting his hand on his groin and muttered
[13] **hizo...manita:** he gestured with his little hand

•••

Dos mujeres, de las afortunadas que vivían en tierra firme, sobre el fango° endurecido° de las márgenes del caño, comentaban:

—Hay que velo.° Si me lo bieran contao,° biera dicho que era embuste.°

—La necesidá,° doña. A mí misma, quién me lo biera dicho, que yo diba° llegar aquí. Yo que tenía hasta mi tierrita . . .

—Pues nosotros juimos° de los primeros. Casi no bía° gente y uno cogía la parte más sequecita,° ¿ve? Pero los que llegan ahora, fíjese, tienen que tirarse al agua, como quien dice.[14] Pero, bueno . . . y esa gente, ¿de ónde° diantre haberán salío?°[15]

—A mí me dijieron° que por ai° por Isla Verde[16] tan orbanisando° y han sacao° un montón de negros arrimaos.° A lo mejor son desos.°

—¡Bendito!:[17]... ¿Y usté° se ha fijao° en el negrito qué mono?° La mujer vino ayer a ver si yo tenía unas hojitas de algo pa hacerle un guarapillo, y yo le di unas poquitas de guanábana que me quedaban.

—¡Ay, Virgen,[18] bendito. . . !

•••

Al atardecer, el hombre estaba cansado. Le dolía la espalda; pero venía palpando° las monedas en el fondo del bolsillo, haciéndolas sonar, adivinando con el tacto cuál era un vellón,° cuál de diez, cuál una peseta.° Bueno, hoy había habido suerte. El blanco que pasó por el muelle[19] a recoger su mercancía de Nueva York. Y el compañero de trabajo que le prestó° su carretón° toda la tarde porque tuvo que salir corriendo a buscar a la comadrona° para su mujer, que estaba echando un pobre más al mundo.[20] Sí, señor. Se va tirando.[21] Mañana será otro día.

Entró en un colmado° y compró café y arroz y habichuelas° y unas latitas de leche evaporada. Pensó en Melodía y apresuró el paso. Se había venido a pie desde San Juan para ahorrarse los cinco centavos del pasaje.°

mud / hardened

verlo / hubieran contado
lie

necesidad

iba a

fuimos / había
driest

dónde

habrán salido

dijeron / ahí
están urbanizando / sacado / arrimados squatters
de esos
usted / fijado
cute

feeling

nickel

quarter

(he) loaned / cart
midwife

tienda grocery store / kidney beans

fare

---

[14] **como quien dice:** as they say
[15] **¿de...salió?:** I wonder where in the devil they came from?
[16] **Isla Verde:** an exclusive residential section of San Juan, Puerto Rico
[17] **¡Bendito!:** Puerto Rican expression equivalent in this case to *What a pity!*
[18] **¡Ay, Virgen!:** Holy Mother of God!
[19] **El...muelle:** The white man who went by the dock
[20] **que...mundo:** who was bringing into the world one more miserable soul
[21] **Se va tirando:** One has to roll with the punches

3

La tercera vez que el negrito Melodía vio al otro negrito en
el fondo del caño fue al atardecer, poco antes de que el padre
regresara. Esta vez Melodía venía sonriendo antes de asomarse, y le asombró que el otro también se estuviera sonriendo allá abajo. Volvió a hacer así con la manita y el otro
volvió a contestar. Entonces Melodía sintió un súbito entusiasmo y un amor indecible° por el otro negrito. Y se fue a   inexpressible
buscarlo.

▶ Practiquemos el vocabulario

Complete las frases con la forma correcta de los siguientes vocablos:

desfile	sobresaltado	carretón	colmado
habichuelas	borracho	pantanosa	fango
camiseta	marea	comadrona	vellón

1. Usó un bote para cruzar el caño, porque la _____ estaba muy alta.
2. Carlos está _____ porque bebió cinco cervezas.
3. El señor tenía la _____ llena de agujeros.
4. Manuel compró café y arroz en un _____ .
5. El estado de la Florida tiene zonas muy _____ .
6. Las márgenes del caño estaban cubiertas de _____ endurecido.
7. La niña estaba soñando y despertó _____ .
8. Me gustan mucho las _____ .
9. Mi compañero me dio un _____ y una peseta.
10. Por la carretera venía un _____ de vehículos.

▶ Preguntas

1. ¿Cuántas veces vio Melodía al otro negrito en el fondo del caño?
2. ¿Dónde es que vivía la familia?
3. ¿Qué gesto de la madre le provocaba regocijo al padre?

4. ¿Por qué no le hacía gracia la mueca de la madre al padre?
5. ¿Cuál fue el único alimento que la madre pudo conseguirle a Melodía?
6. ¿Qué cosas se podían ver desde la casucha?
7. ¿Por qué era la casucha objeto de curiosidad por parte de los viajeros?
8. ¿Cómo se podía llegar a la casucha?
9. ¿Qué decían las vecinas cuando hablaban entre ellas?
10. ¿Por qué había tenido suerte el padre ese día?
11. ¿Por qué fue el padre a buscar a la comadrona?
12. ¿Qué alimentos compró el padre en el mercado y en quién pensó cuando los compró?
13. ¿Por qué había venido a pie desde San Juan?
14. ¿Qué le pasó a Melodía al final del cuento?
15. ¿A qué figura de la mitología le pasó lo mismo que a Melodía?

▶ Preguntas personales

1. ¿Por qué sabe Ud. que esta familia vive en la pobreza? Cite ejemplos.
2. ¿Opina Ud. que el padre de Melodía era un buen padre? Dé una explicación breve.
3. ¿Quién piensa Ud. que tiene la culpa de lo ocurrido a Melodía?
4. ¿Sintió tristeza Ud. al leer este cuento? ¿Por qué?
5. ¿Cree Ud. que ésta es una obra de contenido social?
6. ¿Diría Ud. que José Luis González es un narrador realista? Explique.
7. En su opinión, ¿cuáles son las causas de los arrabales en las grandes ciudades?
8. ¿Piensa Ud. que un sistema de control de la natalidad pueda ayudar a controlar la pobreza?

▶ Composición dirigida

Escriba Ud. una composición sobre la pobreza, ya sea desde un punto de vista filosófico o real, pero tenga en consideración el modelo que aquí se le propone.

Título: La pobreza

I. *Introducción*
   A. ¿Por qué existe la pobreza en el mundo?
   B. ¿La pobreza es inevitable en el universo?

II. *Desarrollo*
   A. ¿Cuáles son las causas de la pobreza?
      1. las personas son pobres porque quieren
      2. ellas son pobres porque no han tenido las oportunidades
   B. ¿Cómo se podría combatir la pobreza?
      1. ¿Qué planes se podrían proponer?
      2. ¿Qué tipos de programas serían efectivos?
      3. ¿Sería bueno tener un programa de bienestar social para cada individuo?
      4. ¿Es buena idea tener un programa mandatorio de control de la natalidad?

III. *Conclusión*
   Resuma las ideas expuestas y presente un programa efectivo para combatir la pobreza como una meta real o ideal

11

Siete pesos

Manuel Rodríguez Mancebo

Manuel Rodríguez Mancebo Manuel Rodríguez Mancebo nació en Los Abreus, Cuba en 1916. Luego de cursar sus estudios en la ciudad de Cienfuegos, Rodríguez Mancebo y un grupo de jóvenes intelectuales cubanos fundaron la revista literaria *Signo*.

Terminados sus estudios, Rodríguez Mancebo se traslada a la provincia de Oriente donde trabaja como periodista. Más tarde se radica en La Habana, donde ejerce como locutor de radio y profesional publicitario hasta su partida de Cuba después de la revolución.

La producción literaria de Rodríguez Mancebo no es muy extensa. Sin embargo, este narrador cubano es uno de los pocos que ha sabido cultivar el cuento policial con éxito. Entre sus obras figuran los libros de cuentos, *La cara* y *La corbata purpura*, ambas publicadas en Cuba, y *Selima y otros cuentos de misterio*, publicada en los Estados Unidos.

Desde hace varios años, Rodríguez Mancebo, reside en la ciudad de Miami y dentro de poco, terminará su novela, *El dominó azul*, de carácter policial, género que el autor domina a plenitud.

A Simona no le quedaba otro recurso que hacerle frente[1] a la noche. En su tristeza, en medio del desamparo° de los campos° que la rodeaban, pensó en don Celestino, el bodeguero;° el único, acaso,° con quien podía contar. Su apoyo° económico podría realizar el milagro: pero dudaba que él le ayudase en tan duro° momento. Porque Simona necesitaba siete pesos para obtener la medicina y no los tenía. Hacía mucho tiempo que no alcanzaba a ver[2] tan fabulosa cantidad. De ellos dependía, quizá, la vida de su pobre niña.

El médico del pueblo vecino, enviado a buscar a toda prisa, llegó con el ocaso, a lomos de mula, sudando a chorros y renegando del estado de abandono de los caminos.[3] Echó un vistazo a la pocilga[4] que servía de lecho° a la enfermita. Recetó, y luego, tras el saludo de rigor,[5] despidióse° de la mujer, en

isolation

fields / grocer

perhaps / support

difficult

bed

he said goodbye

---

[1] **no. . .frente:** did not have any other option than to face
[2] **Hacía. . .ver:** She had not seen in a long time
[3] **enviado. . .caminos:** (who) was hurriedly fetched, arrived at sunset, on a mule, sweating profusely and cursing the deterioration of the roads
[4] **Echó. . .pocilga:** He glanced at the pigpen
[5] **tras. . .rigor:** after the indispensable greeting

cuyo marchito° rostro asomó una esperanza. Montóse sobre la mula y después de advertir lo urgente que era la medicina, y su administración° inmediata, se retiró de allí.

Simona permaneció silenciosa en el umbral° del bohío° con la receta° en la mano hasta que vio perderse en un recodo° del camino la silueta del médico.

Su situación no había mejorado mucho. ¿Qué iba a hacer con la receta? ¡Siete pesos le costó la otra y era necesario repetirla! . . .

Recordó a don Celestino, ¡pero le adeudaba° una factura!° Se negaría° a servirla: a menos que . . .

Entonces pensó en don Pablo Ruiz, rico colono° comarcano,° quien en los días de su alegre juventud solía rondarla°. . . Pero no, era imposible demandar ayuda de individuo tan cruel y déspota, a quien desdeñara° precisamente por ello. ¡Ah, si aún conservara algún resto° de su pasada belleza! . . . Acaso . . . Sí, todo por salvar a su hijita. Quizá si a pesar del tiempo transcurrido,° don Pablo alentara aún una mezquina pasión hacia ella[6] . . . De pronto rechazó, horrorizada, el pensamiento que, en su desesperación, la asaltó. Era preferible don Celestino, aunque con ello tuviera que humillarse:[7] ¿Qué importaba? ¡Todos eran iguales, duros de corazón! . . .

Largo rato permaneció Simona allí, contemplando la noche. En lo alto, la luna brillaba espléndidamente en un cielo purísimo. Debía tomar una determinación antes de que fuese demasiado tarde y lanzarse a través de las soledades° de aquellos campos; pero había de hacerlo con premura[8] si deseaba regresar con la medicina antes de la medianoche. Una gran distancia la separaba de la botica° del pueblo; pero no era la hora ni la distancia lo que la hacían estremecer, era el recuerdo° de Pancho Guzmán, peligroso malhechor° que había escapado de la cárcel de la ciudad y merodeaba° por aquellos contornos,° aterrorizando a sus habitantes, pese a la tenaz persecución de la guardia rural.

Pero su pobre hija enferma fue acicate° para la mujer. El posible encuentro con el bandolero° no modificaría su idea original. Se dirigió a su cuarto, se acicaló° lo mejor que pudo y en un momento se puso un raído° pantalón de montar, calóse el jipi de anchas alas[9] (propiedad todo de su difunto marido)

[6] **Quizá. . .ella:** If in spite of the time elapsed, don Pablo were still to feel a slight feeling for her
[7] **aunque. . .humillarse:** even though it would be humiliating to her
[8] **con premura:** in a hurry
[9] **calóse. . .alas:** she put on the wide-brimmed straw hat

y, tras un instante de vacilación, armóse de un viejo revólver que, con dos o tres balas en la recámara,° guardara° en una gaveta° del armario,° su esposo, el bueno de Cristóbal. Ella apenas si sabía manejar el arma, pero su posesión le infundía° valor. En caso necesario haría el mejor uso de ella.

chamber / he kept
drawer / closet
instilled

La imagen del bandido volvió a su memoria cuando, con el fin de protegerse del aire fresco de la noche, rodeó su cuello con una bufanda° oscura; pues según el decir de la gente, el tal Pancho[10] solía, en sus asaltos, cubrir su rostro con un pañuelo negro. Algunos vecinos aseguraban que se vestía totalmente de negro para infundir más terror. Le apodaban° "La Viuda";° pero dijérase lo que se dijera del bandolero, Simona no se arredró.[11] En un periquete enjaezó la jaca.[12]

scarf

He was nicknamed
widow

Antes de disponerse a salir, llamó a Sultán y a Maravilla, sus perros. El primero cuidaría de la niña. Del otro se haría acompañar al pueblo.

Simona dirigió una mirada de ternura° a su hija. La incierta° luz de la "chismosa"° reflejaba su silueta en largos contornos° en la pared del bohío. Aproximóse a la enfermita. Dormía. La contempló, amorosa, durante un instante depositó un beso sobre su ardorosa° frente° y se alejó de la sombría° habitación.

tenderness / flickering
oil lamp / contours

feverish / forehead /
  gloomy

Simona obtuvo de don Celestino la cantidad que pidiera.[13] Después de arreglarse el desorden de los cabellos y alisarse el pantalón, tomó el camino que la llevaría a la botica de don Manuel, distanciada algunos cordeles,[14] pues la bodega rural de don Celestino estaba a medio camino[15] del pueblo. Había luna.

Al pasar por la colonia° de don Pablo, lo vio ensillando° su caballo. El rico colono, sin duda, se disponía a salir. A trote largo[16] ella se alejó de allí. De haberse casado con él,[17] no hubiera tenido necesidad de andar sola por tan rudos° parajes,° en tal situación, pero a ella no le gustó nunca don Pablo. Hubiera sufrido mucho al lado de aquel hombre.

sugar plantation /
  saddling

rough
places

En esto andaba[18] cuando un hombre a pie y sosteniendo la brida° de su caballo, se ocultó rápidamente detrás de un

bridle

---

[10] **según. . .Pancho:** according to the opinion of the people, the so-called Pancho
[11] **pero. . .arredró:** but say whatever you might about the bandit, Simona did not get frightened
[12] **En. . .jaca:** She harnessed the pony in a jiffy
[13] **la...pidiera:** the amount she asked for
[14] **cordel:** land measure used in Cuba
[15] **a medio camino:** halfway
[16] **A trote largo:** At a canter
[17] **De...él:** Had she married him
[18] **En...andaba:** She was preoccupied with these thoughts

algarrobo° que crecía al borde° del camino que ella seguía. carob tree / edge
Cubría su rostro un pañuelo negro con dos agujeros y calaba
un jipi de anchas alas. Su diestra empuñaba un revólver.¹⁹
Próxima ya su víctima, imperiosamente le ordenó el alto.²⁰

Simona, estupefacta, obedeció. El atraco° fue rápido y aun robbery
cuando el bandolero vio que se trataba de una mujer, no
desistió de sus propósitos. Trasladó° a su precaria bolsa° los He transferred / bag
siete pesos de Simona. Lo hizo sin escrúpulos, sordos° sus deaf
oídos a las súplicas° de la mujer, ni a la invocación° de la pleas / mentioning
enfermita . . .

Maravilla intentó hacer algo, pero una fuerte patada del
malhechor lo derribó, aturdido.²¹

Realizado que hubo el atraco,²² el bandolero montó su
bayo° y huyó° . . . bay horse / (he) fled

Largo tiempo permaneció Simona mirando hacia el lugar
por donde huyera el bandido. Sintió que un gran dolor la
mordía. Pensó en la maldad de los hombres y en la queja° plaintive cry
inútil. Elevó en un gesto vago la mirada al cielo . . . Después,
comenzó a llorar.

Una lechuza° lanzó un graznido.° owl / hooting

El trote de un caballo que se aproximaba hizo experimentar
nuevo sobresalto° a la mujer. Atisbando° el camino, vio que fear / Watching
venía don Pablo. ¡Si hubiera llegado un momento antes! . . .

La luna se ocultó detrás de una nube y la soledad de aquel
lugar se ensombreció. El lejano° lamento de una tojosa° se distant / wild pigeon
dejó oír, mientras Maravilla, repuesto° del brutal golpe reci- recovered
bido, lanzó un ladrido. Fue, entonces, cuando Simona se decidió. Tenía que recobrar° los siete pesos. Cubrió su rostro to recover
con la bufanda, bajó el ala del sombrero y, empuñando el
viejo revólver, esperó el paso de don Pablo . . .²³

Al día siguiente, al tiempo que don Pablo Ruiz contaba a
algunos amigos en la cantina del ingenio²⁴ su aventura de la
pasada noche, los aullidos° de un perro en un potrero° cercano howling / pasture field
al callejón° de las colonias revelaron a unos campesinos que alley
regresaban a sus labores, la presencia de un cadáver . . .

. . . Y no tuve más remedio que disparar° sobre el ban- to shoot
dolero . . . —decía, muy ufano,° don Pablo— y también sobre proud
su maldito° perro, que trató de morderme. Al perro no lo cogí, damn

---

¹⁹ **Su...revólver:** He was holding a gun in his right hand
²⁰ **Próxima...alto:** With his victim close by, he imperiously ordered it to stop
²¹ **una...aturdido:** a strong kick delivered by the bandit left him (the dog)
   in a daze
²² **Realizado...atraco:** After finishing the holdup
²³ **esperó...Pablo:** she waited for don Pablo to go by
²⁴ **cantina del ingenio:** sugar mill's bar

pero lo hice huir . . . El bandolero salió huyendo . . . herido.°   wounded
¡Se llevó su merecido ese Pancho Guzmán! . . .[25]

Don Pablo hizo una pausa y luego continuó:

¡Qué bandido más extraño! . . . De veras que es un bandido extraño, se los digo . . . Mira que decirme: "¡Déme siete pesos, o lo mato!" . . . ¡Qué extraño! . . . Siete pesos me exigía . . . Solamente siete pesos . . .

Y don Pablo se rascó° la cabezota. Luego bebió un largo   (he) scratched
trago, como para olvidar aquello.[26]

Manuel Rodriguez Mancelo

► Practiquemos el vocabulario

Escoja el vocablo apropiado haciendo cambios de género y número cuando sean necesarios:

patada	malhechor	lecho	atraco
pocilga	ladrido	soledad	factura
graznido	apoyo	bohío	botica

1. Ella era tan pobre que vivía en un _____.
2. Tuve que pagarle la _____ al bodeguero.
3. Llevé la receta del médico a la _____.
4. El _____ fue cometido por el bandolero.
5. La lechuza lanzó un _____ bastante fuerte.
6. Los _____ del perro, me despertaron.
7. Contamos con el _____ económico de nuestros padres.
8. La policía buscaba al _____.
9. El caballo bayo le dio una _____ al perro.
10. La _____ del campo causa mucha tristeza.

► Preguntas

1. ¿Cuál era el estado económico de Simona?
2. ¿Para qué necesitaba los siete pesos?
3. ¿Por qué no quería Simona pedirle dinero prestado a don Celestino?

---

[25] **¡Se...Guzmán!:**   That Pancho Guzmán got what he deserved!
[26] **Luego...aquello:**   Then he took a long swallow, as if to forget all of that

4. ¿Quién era Pablo Ruiz? ¿Por qué se acordó ella de él?
5. ¿Por qué había desdeñado Simona a don Pablo Ruiz?
6. ¿Cuál fue el pensamiento que se le ocurrió a Simona para obtener el préstamo?
7. ¿Quién era el bandido que aterrorizaba la comarca?
8. ¿De dónde se había escapado? ¿Se sabe cómo?
9. ¿Cómo le apodaba la gente? Explique por qué.
10. ¿Cómo se vistió Simona antes de su viaje?
11. ¿A quién se llevó Simona consigo y por qué?
12. ¿Qué le sucedió a Simona cuando iba en camino hacia la botica?
13. ¿A quién vio venir Simona después del incidente?
14. ¿Qué se propuso hacer ella para recobrar el dinero?
15. ¿A quién creía don Pablo que había matado? ¿Por qué?

▶ Preguntas personales

1. ¿Cuál es su opinión acerca de Simona?
2. ¿Cree Ud. que don Celestino y don Pablo son malos?
3. ¿Le parece a Ud. que Pancho Guzmán robaba por placer o por necesidad?
4. ¿Está Ud. de acuerdo con Simona cuando dice que todos los hombres son duros de corazón? Explique.
5. ¿Cree Ud. que la pobreza obliga a que la gente a veces cometa actos de violencia?
6. En su opinión, ¿se pueden justificar estos actos? ¿Cómo?
7. ¿Habría actuado Ud. de la misma manera que Simona para conseguir el dinero? Explique.
8. ¿Existe ironía en este cuento? ¿Por qué?

▶ Composición dirigida

Después de dar un resumen del cuento, haga un estudio a base de todas las preguntas que aquí se le proponen. Concluya con su opinión personal.

Título: Un análisis del cuento

I. *Introducción*
   A. Dé un breve resumen del cuento.
   B. ¿Cuál es la idea principal del cuento?

II. *Desarrollo*

¿Existe algún simbolismo en el título? ¿Es un cuento realista, romántico o psicológico? ¿Tiene más importancia la acción o los personajes? ¿Están bien desarrollados los personajes? ¿Cuál es más importante, el diálogo o la descripción? ¿Qué elementos estilísticos emplea el autor? ¿Usa metáforas y/o imágenes? ¿Cómo es su técnica? ¿Cómo es el lenguaje? ¿Tiene el cuento un final lógico o precipitado?

III. *Conclusión*

Este cuento (no) me ha gustado porque . . .

12

Entre músicos

Wilfredo Braschi

Wilfredo Braschi Wilfredo Braschi, uno de los periodistas más conocidos de Puerto Rico, nació en Nueva York en 1918. Después de estudiar humanidades en la Universidad de Puerto Rico, Braschi recibió su Doctorado en Filosofía y Letras de la Universidad Central de Madrid en 1953. Fue editorialista de los diarios puertorriqueños "La Democracia" y "El Mundo".

Entre sus obras merecen citarse *Cuatro caminos* (1963), ganadora del premio del Instituto de Literatura Puertorriqueña; *Metrópoli* (1968), una colección de treinta y un cuentos con temática muy variada; *Nuevas tendencias en la literatura puertorriqueña* (1957), libro en el cual el autor destaca los diferentes movimientos en la literatura puertorriqueña; y *Apuntes sobre el teatro puertorriqueño*, un estudio sobre el teatro puertorriqueño desde sus comienzos hasta el presente.

Wilfredo Braschi ocupa desde hace tiempo la cátedra de Administración Pública en la Universidad de Puerto Rico.

Esa noche, como tantas otras, un aplauso atronador° puso punto final[1] a su concierto. Luego estallaron unos ¡bravo!, ¡bravo!, y el público seguía atornillado° a sus asientos: nadie iniciaba el desfile[2] hacia la calle. Claudio Infiesta salió una, dos, tres, cuatro veces al proscenio,° y tornaba el auditorio a expresar su admiración en forma dramática, incluso con gritos de ¡encore!, ¡encore! Tendría que volver a tomar el arco° y el violín. Estaba fatigado. Le dolían los dedos, la barbilla,° los pies, la cabeza. Si hubiera podido adelantar unos pasos y decir: *Señores, excusen que no repita . . .* Pero no podía defraudar a tantos admiradores y mucho menos a los empresarios.

Desde el escenario vio centenares° de cabezas. Era su público. Estaba llena la sala. Advertía en aquella masa humana una especie de enorme araña° alelada.° Volvió a contemplar la muchedumbre y nuevamente se acomodó el violín en la forma acostumbrada. La digitación° se le daba fácil, segura, firme, y el instrumento sonaba con la calidad que él

thundering

glued

stage

bow
chin

hundreds

spider / dull

fingering

---

[1] **puso punto final:**   put the final touch
[2] **nadie...desfile:**   no one was beginning to file out

solía impartirle, como si entre la madera del Stradivarius y
sus huesos° hubiese una ligazón,° lo mismo que si su sangre   bones / bond
circulara en las cuerdas° y en el arco. Se hizo un profundo   strings
silencio y Claudio Infiesta interpretaba, en el *encore* un *capricho*
de Paganini.[3] Al concluir el regalo del músico resonaron los
aplausos, recios,° continuos, efusivos, con la fuerza de una   loud
lluvia incesante. El dolor de cabeza se le acentuaba:[4] las sienes°   temples
le latían° y la carne parecía desgajársele.° Sonreía mecáni-   (they) throbbed / to tear apart
camente. Y ardía en deseos de dormir, de estar solo, de no
escuchar más aplausos ni elogios.°   praises
   —¡Maestro, maestro! —oyó voces que le llamaban tras
bastidores.°   wings
   Allí estaba la corte de sus admiradores, gente de gusto
musical junto a *snobs* y aristócratas. Le rodeaban, le acecha-
ban,° le sofocaban. Claudio se sentía anonadado.° El deseo   they pushed / baffled
de evadirse, de escapar pronto, se hacía imperativo. Veía
como por entre una gasa aquel tumulto.[5]
   —¡Magnífico, maestro, magnífico! —gritó desde lejos una
señora agitando el pañuelo.
   —Ese Paganini suyo no le mejora nadie. Le felicito —comentó alguien apretándole la mano.
   A Claudio Infiesta el dolor de cabeza le bajó desde la co-
ronilla° hasta los hombros y se le adentraba por los huesos   top of the head
cervicales hasta la espina dorsal, como si buscara llegar a los
talones.°   heels
   Era un 24 de diciembre. Le aguardaban tantas invitaciones
que no sabía qué decidir. Se hallaba solo en aquella gran
ciudad y seguramente le preparaban una de esas fiestas que
le acrecían° el sentimiento de soledad y de ausencia. Le venía   (they) increased
a la mente la estampa° de su esposa muerta y de sus hijas   image
que estudiaban en colegios extranjeros. A su alrededor los
amantes de la música y los curiosos, incluyendo periodistas
con sus cámaras terciadas,° le apretaban en un rumoroso a-   slanting
nillo. Tuvo una ligera sensación de lucidez entre la balumba°   uproar
circundante:° a fin de cuentas, ¿por qué no se escapaba de   surrounding
allí? Lo pensó y lo hizo.
   El fino aire que soplaba° lleno de música, el gentío° de las   (it) blew / crowd
aceras,° la luz de los faroles, todo le parecía fantasmagórico.°   sidewalks / unbelievable
Tenía perfecta conciencia de que estaban echándole de menos
y de que sus amigos pensarían muy mal de él. Acababa de
dejarles solos en momentos en que le agasajaban.° Notó, sin   they treated (him) kindly

---

[3] **Niccolo Paganini (1782–1840):** one of the greatest violinists of all time
[4] **El...acentuaba:** His headache was getting worse
[5] **Veía...tumulto:** He was looking at the crowd as if it were through a gauze

embargo, que el dolor de cabeza le desaparecía poco a poco y que comenzaba a aclarársele la vista. Le envolvía un sentimiento de libertad, como si saliese de una prisión y se le extendieran las alas° del espíritu.   wings

Allá, donde le rendían homenaje,[6] estarían sus amigos y su empresario levantando copas[7] y pesaría en el ambiente el humo de los cigarrillos, y los perfumes sobrenadarían° dulzones y penetrantes.   (they) would float

—¿Qué dirán de mí por haberlos dejado solos?

Se escuchaban canciones por todas partes y pasos acelerados, como si las tiendas fuesen a cerrar de pronto y la Navidad dependiese del último regalo expuesto en la vitrina.°   showcase
Claudio Infiesta percibía el latido° de la vida en el pecho° y   pulse / chest
se le despejaba la cabeza hasta el punto de creer que ya no la llevaba, o que era de aire, de un aire que había comenzado a quebrarse con unas frías gotas° de lluvia. Arriba la comba°   drops / curvature
del cielo se iluminaba, y abajo, sobre los adoquines,° caía el   paving blocks
agua lustrosa, reluciente.° A la vuelta de una esquina[8] un   glittering
violinista callejero,° a la intemperie,[9] interpretaba una pieza   loitering
clásica. Bajo la noche, en un recodo del camino, acaso tocando para nadie, el músico se abandonaba a[10] su arco y a su violín.
Allí se elevaba, solitario como una espiga° en el desierto. A   tassel
la música—voz quebrada° y sollozante°—se unía el tintineo°   quivering / sobbing /
de las monedas. Y luego las palabras de agradecimiento: clinking

—Gracias, muchas gracias, felicidades . . . Claudio Infiesta se le acercó. El mendigo° dejó de tocar.[11] Por unos minutos   beggar
todo quedó en un silencio profundo. Infiesta lo contempló detenidamente.° Calvo,° la ropa ancha sobre el cuerpo enjuto,°   carefully / Bald / lean
el rostro apacible° y las manos ligeras como alondras.° Aunque   gentle / larks
apenas podía determinar sus rasgos° fisonómicos, pudo advertir la fina nariz, la anchura° de la frente y unos movimientos   features
que le infundían distinción.   width

Claudio Infiesta saludó al músico que en esos momentos secaba el violín mojado° por la pertinaz° llovizna.° Estuvo   wet / constant / drizzle
tentado por el deseo de unir sus monedas a las otras dádivas.°   gifts
Luego recapacitó° y acercándose al solitario concertista le dijo: he thought carefully

—Usted ha estudiado música.

A Claudio Infiesta le sorprendió la mirada serena del artista y admiró su cabeza noble y firme.

---

[6] **le rendían homenaje:** they paid him tribute
[7] **levantando copas:** toasting
[8] **A...esquina:** Around a street corner
[9] **a la intemperie:** in the open air, outdoors
[10] **el...a:** the musician became engrossed in
[11] **dejó de tocar:** stopped playing

—¿En qué Conservatorio estudió . . . ?

El músico de raza bohemia y talante° de príncipe y mendigo, por toda respuesta, interrogó a su vez:

—¿No es usted Claudio Infiesta?

—Para servirle —respondió el maestro.

La esquina de la gran ciudad se llenó de ruidos y de pasos,
de gritos y canciones alusivas a la Navidad. El músico de
anónimo violín y maneras suaves añadía con un sobrio° y
legítimo entusiasmo:

—Soy su admirador, aunque nunca he podido escucharle
en persona. ¡Tengo un disco suyo! Sólo un disco. Mis medios,°
como verá usted . . .

Aquel violinista callejero le impresionaba. Tuvo la vaga
idea de que le conocía, de que iba reconociendo su voz, de
que el arco y el violín pertenecían a una persona que hubiera
tratado antes.[12] Infiesta se aventuró a preguntar:

—¿Por qué no toca usted en una orquesta?

El violinista anónimo contestó:

—Una vez fui solista. También he trabajado en orquestas
sinfónicas, señor Infiesta. Sin embargo, nunca he sido más
feliz que hoy, aunque sea prácticamente un mendigo . . .

Claudio nunca había oído un testimonio tan desnudo° de
retórica, tan sencillo y elocuente. Se excusó:

—No, no es que yo crea que usted . . .

El violinista le interrumpió sin alzar la voz, en menguante°
tono menor:

—Entiendo, entiendo. A usted le parece que un hombre
como yo es un fracasado° . . .

—No, no es eso. Pero sé que podría . . .

No le permitió continuar, y mirándole a la cara le dijo con
una sonrisa:

—Algunos me consideran un fracasado. Pero yo toco mi
violín como los pájaros cantan. Sólo que a mí me echan monedas y a los pájaros migas de pan.[13]

Calló y las retinas se le cuajaron en un brillo de estrellas.[14]
Claudio Infiesta quiso agregar° unas palabras persuasivas:

—Es que sus méritos de artista, que acabo de aquilatar
. . .[15]

—Maestro Infiesta, muchas gracias. Para mí el violín es
parte de mi vida, es mi vida misma. Pero quiero que sea mi

---

[12] **pertenecían. . .antes:** belonged to a person he had met before
[13] **Sólo. . .pan:** Only to me they toss coins and to the birds, bread crumbs
[14] **se. . .estrellas:** became filled with tears
[15] **que. . .aquilatar:** which I have just finished evaluating

violín, el violín de mi música, aunque lo que toque sea de otro . . .

—Amigo, es que usted . . .

—Yo no quiero ser esclavo de nada ni de nadie. ¡Sólo de mi libertad y de mi pobreza!

Infiesta, conmovido,° no supo qué decir. Su nuevo amigo sugirió tímidamente: `touched`

—Hoy es Nochebuena.° ¿Quiere tomar conmigo y con mi esposa un trago de vino? ¡Allá viene ella!   `Christmas Eve`

Efectivamente, se acercaba una pobre mujer. El rostro sin cosméticos, el pelo en desorden, el traje fuera de moda. Traía una botella.

—¿Cómo te ha ido hoy?

—Muy bien. Te presento a un gran músico, al maestro Claudio Infiesta. Lo he invitado a compartir nuestro vino.

—Hoy también tendremos bizcocho° —anunció la recién llegada.   `cake`

El artista, acercándose a su esposa, la besó en la frente. Luego dijo:

—Vamos hacia el parque . . .

Claudio Infiesta los adivinaba ausentes, felices, tallados en un barro cristalino,[16] hablando una lengua tan pura que apenas alcanzaba a comprender y se detuvo mientras el bohemio y su esposa se alejaban cogidos de la mano, ajenos a[17] su presencia. El virtuoso les siguió con la vista hasta verlos diluirse parque adentro bajo el rumor de la fronda.°   `foliage`

Poco a poco Claudio fue quedándose atrás pensativo y confuso. Solo, más solo que nunca, se sentó en un banco.° Al rato oyó sonar el violín del mendigo. Y aquella antigua música navideña le pareció nueva, como si la escuchara por primera vez.   `bench`

Wilfredo Braschi

---

[16] **tallados...cristalino:**   like porcelain figures
[17] **se...a:**   they went away holding hands, unaware of

▶ Practiquemos el vocabulario

Complete las frases con la forma correcta de los siguientes vocablos:

tintineo	calvo	banco	anonadado
vitrina	migas	mendigo	navideña
dádivas	muchedumbre	centenares	latido

1. Después de hablarle a la _____ , el presidente recibió un aplauso atronador.
2. Los pájaros comían _____ de pan en el patio.
3. Teresa se sentía _____ con tanta gente.
4. Como no tenía medios económicos, el señor se convirtió en un _____ .
5. _____ de personas asistieron al concierto.
6. Manuel se sentó en un _____ en el parque.
7. Me gustaron los objetos expuestos en esas dos _____ .
8. La Nochebuena es una fiesta _____ .
9. El _____ de las monedas se oía a lo lejos.
10. Al médico le preocupó el _____ rápido del corazón.

▶ Preguntas

1. ¿Quién es Claudio Infiesta en el cuento de Braschi?
2. ¿Cómo se sentía él física y mentalmente?
3. ¿Qué pieza interpretó en el *encore*? ¿De quién?
4. ¿Por qué quería estar solo al terminar el concierto?
5. ¿Qué día era y por qué era especial para él?
6. ¿Qué le vino a la mente a Claudio Infiesta ese día?
7. ¿Hacia dónde decidió salir después del concierto?
8. ¿Con quién se encontró Claudio Infiesta?
9. ¿Cómo era el mendigo? ¿Tenía nombre o no?
10. ¿Qué tenía el mendigo de Claudio Infiesta?
11. ¿Dónde había trabajado el mendigo antes?
12. ¿Qué trató de hacer Claudio Infiesta en su conversación con el mendigo?
13. ¿A qué le invitó el mendigo? ¿Adónde? ¿Con quién?
14. ¿Cómo era la apariencia de la mujer?
15. ¿Qué hizo Claudio Infiesta cuando se fue el matrimonio?

▶ Preguntas personales

1. ¿Le parece a Ud. que Claudio Infiesta era una persona feliz? Dé una breve explicación.
2. ¿Piensa Ud. que el mendigo gozaba de la felicidad, a pesar de su pobreza? Explique.
3. ¿Cree Ud. que Claudio Infiesta cambiará de modo de vida?
4. ¿Podría Ud. comentar acerca de la función de los adjetivos en este cuento?
5. En su opinión, ¿tiene este cuento alguna moraleja?
6. ¿Le gusta a Ud. ir a los conciertos o a la ópera? Diga por qué.
7. ¿Le gustaría a Ud. ser una persona famosa y ganar mucho dinero?
8. ¿Se considera Ud. una persona feliz que goza de la vida?

▶ Composición dirigida

Escriba Ud. un ensayo de acuerdo con el tema y el plan que siguen, teniendo cuidado de analizar cada una de las categorías de dicho bosquejo.

Título: La felicidad

I. *Introducción*
La felicidad es una cosa relativa

II. *Desarrollo*
  A. Haga un análisis de los elementos necesarios para ser feliz
    1. ¿Se puede ser pobre y ser feliz a la misma vez?
    2. ¿Se puede ser una persona guapa y famosa y al mismo tiempo ser feliz?
  B. Describa a una persona que Ud. piensa que es feliz
    1. ¿Por qué es feliz esa persona?
    2. ¿En qué se distingue de alguien infeliz?

III. *Conclusión*
Explique en qué consiste la felicidad para Ud. de acuerdo con lo que ha expresado.

13

El nido en el avión

Enrique Labrador Ruiz

Enrique Labrador Ruiz Enrique Labrador Ruiz, uno de los más destacados escritores cubanos del siglo XX, nació en Sagua la Grande, Cuba en 1902. Después de cursar sus estudios en su ciudad natal, Labrador Ruiz se dedicó al periodismo, campo donde obtuvo el Primer Premio Juan Gualberto Gómez.

En 1933 publicó su primera novela, *El laberinto de sí mismo,* la cual se considera como una de las novelas precursoras de la nueva narrativa latinoamericana. Entre sus otras novelas figuran *Cresival* (1936), *Anteo* (1940) y *La sangre hambrienta* (1950), ganadora del Premio Nacional de novela. Labrador Ruiz también ha cultivado el cuento con igual éxito. Entre sus libros de cuentos se encuentran *Carne de quimera* (1947), *Trailer de sueños* (1940) y *El gallo en el espejo* (1953).

El autor, quien también es miembro de la Academia Cubana de la Lengua y correspondiente de la Real Academia Española, abandonó Cuba en 1977. Hoy día reside en la ciudad de Miami donde continúa sus proyectos literarios.

La mujer, tendida° en la cama, establece desde temprano la lucha sin tregua.° Que este hombre es un calzonazos,° un gandul,° el mequetrefe° por excelencia. Que este hombre no se empeña en hacerse cuerdo,[1] en buscar trabajo, y ahora que el niño pide su leche a hora fija,[2] ¿cómo va a pasarse todo el día mano sobre mano pensando en las musarañas?[3]

Borges tiene en su diestra la maquinita de afeitar;[4] la deja sobre el opaco lavabo;° necesita asentar la hoja.° Toma un vaso y con cuidado empieza a pasearla por sus adentros[5] buscando la suavidad, lo terso del vidrio para que lo mellado[6] al fin le pueda servir.

—Si tú no fueras como eres —dice la mujer— las cosas cambiarían. Ah, pero todo el tiempo ¡en las nubes! Todo el tiempo sin fijarte si hay o no hay mientras yo tengo que salir

stretched out

rest / softy

loafer / bum

wash basin / blade

[1] **no...cuerdo:**   doesn't take any interest in being responsible
[2] **a hora fija:**   at a set time
[3] **mano...musarañas:**   doing nothing but daydreaming
[4] **la...afeitar:**   razor
[5] **empieza...adentros:**   begins to stir it
[6] **lo mellado:**   the bluntness

a buscar entre los vecinos el poquito de poquitos[7] de todos los días y pasar por la vergüenza[8] . . . para que este niño . . .

Borges, confundido, mira a su hijo y piensa: "Mejor que no hubiera nacido y que también, ésta . . ." Y luego: "Pero de repente, ¡Dios me perdone!, sin que nadie les haga daño . . . , y yo, naturalmente."

—¿No vas a tomar café? —dice la mujer—. El café está allí. Anda.

Buscaría un veneno° mejor para el desayuno, tan amargado,° tan renegado° se encuentra. Y lo peor de todo es que no ve salida a sus males,[9] a sus angustias:° pide trabajo, pide ayuda.

poison
embittered / miserable
pain

—¡Ay, demonio! —rezonga—. ¡Qué vida!

Dubita;° se atreve;° explora:

He doubts / he dares

—¿No te dijo Sofía si su marido, al fin, me encontró aquel empleo° de que hablamos?

employment

—Sofía . . . No dice nada. Prefiere hablar contigo y así se le endulzan los oídos.[10] Tú eres muy meloso° con los ajenos.° Aquí, un ogro,° eso es. Con los otros todo miel,° todo cortesía, el jardinero° del jardín siempre regado° de palabritas finas. Que si muy señora mía; que si madame y madamita . . .[11] Que no sé qué cosas más. Sofía . . . Eso es: tan pintada;° tan llena de caracolitos° en el pelo. Se cree una pepilla.° No, no cuaja.[12] Y el marido de Sofía, ese arquitecto que te va a proteger, que te va a dar trabajo cuando él tenga su obra, ¡qué santo varón![13] ¿Cuántos años le lleva?[14] ¿No se fijará cómo es Sofía? No le importa, creo yo. El tonto eres tú. No te dejes engañar.[15]

sweet / strangers
monster / honey
gardener / sprinkled

made up
curls / teenager

—Pero si a mí no me engaña nadie; es ridículo lo que dices.

—Te engaña el marido de Sofía. No; no me mires así. Por lo menos te miente. A ver, ¿cuándo empiezas a trabajar? Ya ves: te callas. Y también te engaña ella, ¿quieres que te lo diga?

—¡Cállate! eres insoportable.°

unbearable

---

[7] **poquito de poquitos:** whatever I can beg
[8] **pasar...verguenza:** to be disgraced publicly
[9] **no...males:** he does not see any end to his tribulations
[10] **Prefiere...oídos:** She prefers talking to you since your voice is music to her ears.
[11] **que...madamita:** my dear lady this; my dear lady that
[12] **No, no cuaja:** It doesn't make sense
[13] **¡qué santo varón!:** what a nice guy!
[14] **¿Cuántos...lleva?:** How much older is he than she?
[15] **No...engañar:** Don't be deceived

—Pues también te engaña ella porque no es que tenga lástima de verte pobre, con mujer y un hijo, sino que . . .

—Vamos, acábalo de decir.

Ha salido del baño,° se echa la camisa del pijama encima, trae la hojita de afeitar en la mano; avanza hacia la cama donde yacen la mujer y el niño.   bathroom

—Tampoco me podré afeitar ahora —grita—. ¿Dónde demonios[16] iré con esta cara? Y tengo que ir . . . temprano . . . ¡Mujer, por Dios, atiende a ese niño![17]

—¡Pobre Pedrito! —gime la mujer muy cautelosamente—. A que va a pagar los platos rotos . . . [18] Pedrito: mira a tu papá cómo se pone cuando le digo lo de Sofía. Es un trueno.[19]

—Ah, ni de eso me acordaba ya. ¿Qué pasa con ella?

—Que está enamorada de ti y ahí está el engaño;° el disimulo.°   deception   disguise

—¿De mí? Ja, ja, ja.

—¿Te gusta que te lo digan, eh?

—Ése no es arpón° que me entre. Se acabó.[20]   harpoon

La mujer se levanta, le trae un poco de café. Borges mira esa taza,° esa mano que tiembla, nerviosa, peleadora;° dice: cup / fighting

—Si tú no fueras como eres . . . Sé que estamos mal, pero podríamos pasarlo mejor. Y nuestro hijo . . . Que nuestro hijo no vea este pleito° continuo. Siempre peleando tú y yo, por cualquier tilín,[21] por insignificancias.   quarrel

La mujer le pasa la mano por el cabello revuelto° y como si le campadeciera: unruly

—Es que no te ocupas de lo que debes. Contrariedades° todos las tienen, pero hay que pensar en serio y no pensar boberías,° Pedro.   Troubles   foolishness

—Tú no me comprendes, Tita. Confundes por gusto, embrollas.

—Bueno, te comprenderá entonces Sofía. Ahora, siempre, Sofía. ¿A qué resulta[22] que Sofía sabe de ti más que yo?

La mira con especial cuidado. Le lanza al rostro:[23]

—Tú estás celosa,° Tita. Siempre has sido una mujer celosa. Y yo, la verdad, odio eso. No me gusta que me estén siguiendo los pasos del pensamiento.[24]   jealous

---

[16] **¿Dónde demonios...?:** Where in the hell . . . ?
[17] **¡Mujer...niño!:** Woman, for heaven's sake, listen to that child!
[18] **A...rotos:** I bet he's going to end up paying for it
[19] **Es un trueno:** He gets furious
[20] **Se acabó:** That's enough
[21] **por cualquier tilín:** over the slightest thing
[22] **A qué resulta:** I'll bet
[23] **Le...rostro:** He says to her face
[24] **No...pensamiento:** I don't like anyone anticipating my train of thought

—Yo lo que estoy es cansada, aburrida hasta los pelos.[25] Y sí, te lo aseguro, si yo no tuviera . . .

—¿Qué? Acábalo de decir.

—Si yo no tuviera este hijo contigo, este muchachito adorado, haría como Sofía. ¿Qué te parece? Nunca falta alguien . . . [26]

Una espiral de ira[27] le recorrió el cuerpo. ¿Qué le traicionaba de pronto? Como si el mar fuese la tierra y la tierra fuese el mar, visto todo en un planisferio, confuso y restallante,° la cólera° le sube a las sienes. ¿Su mujer sabe detalles? Claro que ella había hablado de un viaje a París, de entregarse solamente a los bellos sueños, de tender sus almas como en vuelo nunca satisfecho. ¡La gran ciudad para ellos dos! Era necesario estar en París, vivir en París . . . Lo que necesitaba él de París para su mente creadora, para su trabajo de mañana . . . Mas° ¿dónde estaban las bases de este viaje? ¿Una fuga?° ¿Y el marido de Sofía? Bajó la vista[28] y en un minuto recordó el incidente del aeropuerto, aquello que vio una tarde entre curioso y circunspecto.° ¿Cómo había sido? Ah, era un pájaro ambicioso sin duda aquél que estaba tratando de hacer un nido° en breve tiempo sobre la cola° del avión. Traía pajitas° en el pico, con su pareja° al lado, a la carrera . . . [29] Nadie lo interrumpía y con gran eficacia daba remate[30] a su labor; algunos flecos° de trapo° dejaron, sin embargo, huella de tamaña edificación.[31] Algunos ojos volviéronse hacia allí.

—Mira tú —dijo Sofía —¡qué romántico es eso! Una aventura en toda regla.[32]

—Una aventura muy peligrosa —dijo él pensando en su mujer, en su hijo—. O muy insensata.° ¡Un nido en un avión!

El marido de Sofía habló de una obra que llevaba en tratos,[33] él sonrió. Y un elemento de desilusión hizo camino[34] entre su esperanza y su conciencia.

—Conque ¿Cómo Sofía, eh? ¿Y qué hace Sofía? ¿Y qué puede? —le rastrilló° a su mujer luego del repentino° cogitar—.° Estás loca.

crackling
anger

But
escape

cautious

nest / tail / straws
mate

tiny pieces / rags

stupid

he heckled / sudden reflection

---

[25] **aburrida...pelos:** bored to death
[26] **Nunca falta alguien:** There's always someone
[27] **Una...ira:** A shudder of anger
[28] **Bajó la vista:** He looked down
[29] **a la carrera:** in a hurry
[30] **daba remate:** was finishing
[31] **huella...edificación:** testimony to a great construction
[32] **en toda regla:** in every way
[33] **que...tratos:** that he was negotiating
[34] **hizo camino:** took place

—¡Juh!° No me hago ilusiones. Qué más quisiera yo . . .   Ha!
—musitó Tita.

Borges se quitó la camisa del pijama, se tendió en el lecho, al lado de su mujer, al lado de su hijo, y se puso a pensar en lo tonto que son a veces los pájaros fantasiosos que se turban de pronto, que dejan rastros° mortales en su alocada° faena.°   traces / crazy / task

[signature: Labrador Ruiz]

▶ Practiquemos el vocabulario

Complete las frases con la forma correcta de los siguientes vocablos:

amargado	nido	insensato	boberías
arpón	cola	veneno	mequetrefe
disimulo	faena	mellado	pleito

1. No me gustan los _____ entre familiares.
2. Él no quiere ni trabajar ni hacer nada, es un _____.
3. Los pajaritos hicieron su _____ en el árbol.
4. Él no quiso escuchar las explicaciones en la clase, es un poco _____.
5. Él se murió a los pocos minutos de haber ingerido el _____.
6. La parte más segura del avión es la _____.
7. Julianita está muy _____ desde que perdió el trabajo.
8. ¡No hables _____, Pedro!, le dijo el padre con ira.
9. Entraron en el cuarto con mucho _____.
10. A las cinco de la tarde terminamos nuestra _____.

▶ Preguntas

1. Al comenzar el cuento, ¿por qué le peleaba la mujer al esposo?
2. ¿Cuáles fueron algunas cosas que le dijo ella a él?
3. ¿Cómo se llaman ellos en este cuento de Labrador Ruiz?
4. ¿Tiene nombre el hijo de ellos en el cuento?
5. ¿Qué estaba tratando de hacer el marido en el lavabo?
6. ¿Quién es Sofía que tanto se menciona en el cuento?

7. ¿Dónde trabajaba el marido de Sofía y cómo era su trabajo?
8. ¿Cuál era la profesión de Borges? Explíquela en detalle.
9. ¿Quién le iba a conseguir un trabajo a Borges?
10. ¿Cuál era la relación que existía entre Borges y Sofía?
11. ¿Adónde pensaban ir Borges y Sofía? ¿Por qué?
12. Según la esposa, ¿quién iba a pagar los platos rotos?
13. ¿Qué incidente recordó Borges en el aeropuerto?
14. ¿Qué impacto causó este incidente en su mente?
15. ¿Qué hizo Borges al final del cuento? ¿Fue extraño?

▶ Preguntas personales

1. ¿Puede señalar Ud. algunos aspectos del estilo de Labrador Ruiz?
2. ¿Cree Ud. que Borges es un individuo simpático o un irresponsable?
3. En su opinión, ¿por qué pelea tanto este matrimonio?
4. ¿Piensa Ud. que Borges estaba cometiendo adulterio o que Tita era una persona celosa? Explique.
5. ¿Es Ud. una persona celosa o confía en su esposo(a) o novio(a)?
6. ¿Le gustaría a Ud. ser un consejero de matrimonios en su vecindad?
7. ¿Cree Ud. que el matrimonio es para siempre o que el divorcio a veces es necesario?
8. ¿Son afectados los hijos de un matrimonio que no se lleva bien? Explique las consecuencias.

▶ Composición dirigida

Desarrolle en unos párrafos el tema del matrimonio con énfasis en lo que Ud. cree que son los aspectos positivos y negativos para que un matrimonio tenga éxito.

Título: El matrimonio

I. *Introducción*
La importancia del matrimonio

II. *Desarrollo*
¿Es el amor parte íntegra del matrimonio? ¿Es importante la comunicación entre esposo y esposa? ¿Cuáles deben ser las responsabilidades del hombre

en el matrimonio? ¿Cuáles deben ser las de la mujer? ¿Juega el sexo o el dinero un papel importante en el matrimonio? ¿Cuáles son algunos obstáculos que puede encontrar un matrimonio? ¿Es el adulterio uno de ellos? ¿Cuáles son las causas del adulterio? ¿Por qué existe un gran número de divorcios en los Estados Unidos?

III. *Conclusión*

Cómo se podría mejorar el matrimonio como institución social:

A. El divorcio es una amenaza contra la familia como institución social y tradicional
B. Los que sufren más al fin y al cabo son los hijos
C. Yo (no) creo que hay casamientos ideales

Con el pie en el estribo

Rolando R. Hinojosa-Smith

Rolando R. Hinojosa-Smith La calidad de su prosa hace de Rolando Hinojosa uno de los principales narradores chicanos de nuestros días.

Rolando Hinojosa nació en Mercedes, Texas en 1929. Después de ejercer diversos oficios, logra doctorarse en Filosofía y Letras en la Universidad de Illinois en Urbana, donde escribió su tesis sobre el dinero en la novela del gran escritor español, Benito Pérez Galdós.

La primera novela de Rolando Hinojosa, *Estampas del valle y otras obras*, fue ganadora del Premio Quinto Sol en 1973. Tres años más tarde, su segunda novela, *Klail City y sus alrededores*, recibió el premio de novela Casa de la Américas.

En la actualidad, Rolando Hinojosa es Director de Estudios Chicanos en la Universidad de Minnesota y acaba de terminar su primer volumen de poesía titulado *Korean Love Song*. El célebre autor chicano también se mantiene activo publicando sus cuentos en conocidas revistas literarias.

Casas sin corredores,° calles sin faroles,° amigos que mueren, — hallways / lanterns
jóvenes que ya no hablan español ni saben saludar . . . ¡Je!° — Ha!
desaparece el Valle, gentes . . . Los bolillos° con sus propie- — Anglos
dades, sus bancos y contratos. Sí. Gente que no reconoce un
choque de mano como cosa legal . . . ¹ Farmacéuticos con
títulos, pero sin experiencia en la materia, rancheros que no
labran y pueblerinos con corbata . . . ² ¿Pa qué le sirve a uno
vivir ochenta y tres años si todo lo que uno vio nacer está
enterrado?° ¿Los Vilches? ¡Muertos! ¿Los Tuero? ¡También! — buried
Los Buenrostro se acaban y las familias fundadoras° se secan — founding
como las hojas del mesquite doliente . . . ³ A la trampa,⁴ Rafa,° — Rafael
a la trampa con el Valle, con su buena tierra ahora ya casi
toda cercada con alambres de púa,⁵ esos llanos° ahora po- — plains
blados con casas de material hechas por patrones que viven

---

¹ **gente...legal:** People who don't make deals with just a handshake
² **rancheros...corbata:** farmers who do not work the land and country folk who now wear neckties
³ **se...doliente:** they dry up like sick mezquite leaves
⁴ **A la trampa:** To the death hole; the hell with it
⁵ **cercada...púa:** fenced in with barbed wire

entre nosotros sin conocernos . . . ¿Dónde están los tro-
queros° que llevaban gente pa'l° norte?[6] *¿El pirulí?*° ¿Leocadio
Gavira? *¿El nicle,*° tan renombrado?° Muertos o viejos y tu-
llidos° que es la misma cosa que la muerte viva.[7] ¿Y el mercado
en la calle Comercio de San Antonio? ¿Estará allí? ¿Y la Mar-
keta° de Houston donde tanta gente se bullía?° Muertos todos.
El tiempo también, muerto y olvidado: muerto y suspendido.
No le tengo miedo a la muerte, pero también reconozco que
no valgo la pena,[8] Rafa. ¡Qué me echen al canal grande![9] ¡Ya!
¡Ahorita mismo! ¡Je! Y pensar que en mis tiempos se sabía
más que ahora con sus radios y teléfonos y sus vistas . . . Sí
. . . Tiempos malos fueron aquellos también con sus rinches,°
la ley aprovechada,[10] los terratenientes,° las sequías° y el en-
gruesamiento° de la vida misma . . . pero . . . al fin y al cabo[11]
era mi tiempo, mi gente, mi Valle querido . . . antes de que
hubiera tal cosa como el condado de Belken y Klail City y
todo lo demás . . . había gente, Rafa, gente . . . labores y
rancherías,° y ese Río Grande que era para beber y no pa
detener los de un lado contra el otro . . . no . . . eso vino
después: con la bolillada° y sus ingenieros y el papelaje° todo
en inglés . . . ¡Je! No, no te lo niego, no, y ni pa qué negarlo
. . . pero también hubo raza traicionera° . . . raza que jodía
a la raza—y gratis—por el mero gusto de jodernos los unos
a los otros.[12] ¡Lamiscones!° ¡Coyotes chupasangre![13] Nuestra
enfermedad nacional . . . Pero el sol nacía y el sol se ponía
y todo el mundo sabía lo que hacían[14] . . . bola de sin-
vergüenzas . . . gente tramposa que no tenía palabra ni cara
con qué sostenerla . . . [15] Gente con modales suaves y de trato
feo[16] . . . gente de pocos huevos[17] y sin pelo en el pecho[18]
que se vendían en las elecciones o que chaqueteaban° por un

camioneros / **para el**
lollipop
nickel / famous
crippled

mercado / milled

Texas Rangers

landowners / drought
burden

small settlements

hordes of Anglos /
 paperwork

betraying

Ass kissers!

betrayed the party

---

[6] **los...norte:** the truckers who used to transport people to the United States
[7] **la muerte viva:** the living death
[8] **no...pena:** I'm not worth a hoot
[9] **¡Qué...grande!:** Let them throw me in the grave!
[10] **la ley aprovechada:** the bully-like police force
[11] **al...cabo:** after all
[12] **raza...otros:** Chicanos who stuck it to Chicanos—and free of charge—for
the mere pleasure of screwing each other
[13] **¡Coyotes chupasangre!:** Bloodsucking exploiters!
[14] **Pero...hacían:** But the sun would rise and set and everyone knew what
they were up to
[15] **gente...sostenerla:** tricky people who wouldn't keep their word or face
up to it
[16] **con...feo:** with slick ways and dirty deals
[17] **gente...huevos:** people with little courage
[18] **sin...pecho:** cowardly

plato de barbacoa° y un par de cervezas . . . ¡Je! Pero eran ⟶ barbecue
pocos. Los más eran gentes con sombreros de petate bien
sudados[19] . . . gente trabajada y engañada por mucho tiempo
y por todo mundo . . . Gente incrédula y llena de fe, gente
no letrada pero con la cultura en las uñas,[20] gente de Valle,
Rafa, este Valle tan llevado y tan traído,[21] gente que a pulso[22]
ganó la tierra y que a paso lento la fue perdiendo . . . gente
que, por fin, se fue pá'l norte pá no volver . . . Barrios aban-
donados y quién sabrá si eso también no haya sido una ben-
dición . . . ¡Je! Amigos y patrones al pozo° y yo en rumbo° ⟶ grave / on my way
. . . Me acuerdo, Rafa . . . Carne seca colgada en los alambres
de la lavada[23] y cabritos° que se mataban en los solares,° ⟶ young goats / yards
árboles llenos de higos° y de miel de abejas° que chupan la ⟶ figs / bees
flor de naranjos° . . . ruidos de animales que ya no se oyen ⟶ orange trees
ni se ven . . . bailes con gente invitada y ahora me cuentan
que se tiene que pagar la entrada,° pero, ¿te das cuenta, Rafa? ⟶ admission
Y allí están las palmeras° . . . Las palmeras que se daban en ⟶ palm trees
el Valle y que crecían como Dios quería hasta que la bolillada
vino con sus hachas° y las cortaron como si tal cosa . . . [24] ⟶ axes
Parece mentira.[25] ¡Ahora ellos mismos venden palmas pá que
se siembre! ¿Quién los entiende? Sí. ¡Vendiendo palmas pá
sembrar, qué bonito, chingao!° Si ellos fueron los que las ⟶ **chingado** hell
cortaron . . .palmas que se doblaban pero que no cedían,[26]
palmas que perdían hojas y nacían otras hasta que vinieron
las hachas . . . así como la gente, Rafa, y las guerras . . . las
guerras de tu padre aquí en el Valle las de tus hermanos en
el *oversea* y la tuya, Rafa, y las otras guerras de ellos a las
cuales siempre nos inmiscuyen . . . [27] Valle, Valle, ¿quién te
ha visto y quién te ve? . . . y yo soy del Valle, tengo el honor,
como decía la vieja canción . . . ¿Y ahora? Nada . . . Me voy,
Rafa, tú te quedas . . . muchacho joven que vives entre los
viejos y con sus viejos recuerdos . . .

    Echevarría se cansó y por eso empezó a toser esa tos° que ⟶ cough
le traía lágrimas a los ojos y la falta de aire a los pulmones° ⟶ lungs
que lo hacían piar° cuando trataba de respirar. Le di un vaso ⟶ whine

---

[19] **Los...sudados:** Most people were farm laborers who worked for a living.
[20] **Gente...uñas:** Uneducated people who cling tenaciously to their culture
[21] **Valle...traído:** The Valley, whose name has been used and misused and
generally bruited about
[22] **a pulso:** with the labor of their hands
[23] **Carne...lavada:** Beef jerky hanging on the clothes lines
[24] **como...cosa:** as if they were nothing
[25] **Parece mentira:** It seems incredible
[26] **palmas...cedían:** palm trees that would bend but not break
[27] **siempre nos inmiscuyen:** they always get us involved in

de limonada, me esperé hasta que se apaciguara° un rato y   he calmed down
luego lo dejé para que durmiera; estábamos a miércoles y ya
le quedaban pocos días en su mundo, el Valle del Río Grande
y su querido maldecido° condado de Belken.   cursed

[signature]

▶ Practiquemos el vocabulario

Escoja el vocablo apropiado.

1. higos / palmeras / sequías
   Los árboles estaban llenos de _____.

2. abejas / naranjos / palmeras
   Las _____ producen miel.

3. corredores / faroles / calles
   Encendían los _____ por la noche.

4. campesino / farmacéutico / terrateniente
   Él es el dueño de miles de acres de tierra; es un _____.

5. manos / pulmones / ojos
   Nosotros respiramos por los _____.

6. sequía / hacha / palma
   Los árboles murieron a causa de la _____.

7. rancheros / viejos / farmacéuticos
   Los _____ no querían labrar la tierra.

8. mesquite / petate / naranjos
   Llevaba puesto un sombrero de _____.

9. árboles / rinches / solares
   La gente mataba los cabritos en los _____.

10. púa / higos / mesquite
    La tierra estaba cercada con alambres de _____.

▶ Preguntas

1. ¿Cómo se llama y qué edad tiene el viejo del cuento?
2. ¿Quién es Rafa y por qué es importante él?

3. ¿Dónde tiene lugar el cuento de Hinojosa-Smith?
4. ¿Qué les pasa a los jóvenes del Valle en Texas?
5. ¿Qué cosa no reconocen los anglos? ¿Por qué?
6. ¿Han hecho algo los anglos por conocer mejor a la gente del Valle?
7. ¿Quiénes eran algunas de las familias fundadoras del Valle?
8. ¿Quiénes controlan el Valle en la actualidad?
9. ¿Cuáles son algunos de los adelantos que se han traído al Valle?
10. Según el viejo, ¿quiénes han tenido parte de la culpa de las presentes condiciones de vida en el Valle? ¿Por qué?
11. ¿Qué tipo de vida llevaba la gente en el Valle anteriormente y cuáles eran algunos de sus pasatiempos?
12. ¿Qué pasó con las palmeras del Valle? Explique.
13. ¿Goza Echevarría de buena salud o no?
14. ¿Qué le dio Rafa a Echevarría?
15. ¿Cuál será el futuro de Rafa?

▶ Preguntas personales

1. En su opinión, ¿juega el tiempo un papel importante en este cuento? Explique.
2. ¿Puede Ud. citar algunas metáforas que emplea el autor en este cuento?
3. ¿Diría Ud. que este cuento es pesimista? ¿Por qué?
4. ¿Podría ser narrado este cuento solamente por alguien que conoce bien la vida del Valle? Explique.
5. Después de leer este cuento, ¿cuál fue su reacción?
6. Si Ud. hubiera sido un líder de la gente del Valle, ¿qué habría hecho?
7. ¿Recuerda Ud. a algún personaje famoso de su pueblo?
8. ¿Se considera Ud. una persona de pelo en el pecho (es decir, de valor)?

▶ Composición dirigida

Escriba Ud. unos párrafos, ya sean imaginativos o verdaderos, sobre su niñez basados en el siguiente tema.

Título: Recuerdos de mi pueblo

I. *Introducción*
   Descripción geográfica y topográfica
   1. Mi pueblo en el pasado
   2. Mi pueblo en la actualidad

II. *Desarrollo*
   A. Resumen de aspectos históricos
   1. ¿Cuándo se fundó mi pueblo?
   2. ¿Quiénes lo fundaron?
   3. ¿Cuándo llegó mi familia a mi pueblo?
   4. ¿Qué oficio tenía mi familia?
   B. Resumen de aspectos personales
   1. ¿Cómo era mi vida de niño?
   2. ¿Cómo era la escuela a la cual yo asistí?
   3. ¿Quiénes eran mis amigos?
   4. ¿Cuáles eran nuestros pasatiempos?
   5. ¿Quiénes eran las personas importantes de mi pueblo?

III. *Conclusión*
   A. ¿Son agradables los recuerdos de mi pueblo?
   B. ¿Por qué quisiera (no quisiera) vivir de nuevo en mi pueblo?

15

El fraude

Marigloria Palma

Marigloria Palma Marigloria Palma nació en Canánovas, Puerto Rico en 1921. Su nombre de pila es Gloria María Pagán y Ferrer. Después de terminar sus estudios de administración comercial, se trasladó a los Estados Unidos donde estudió artes plásticas en Jepson College de Los Angeles, California.

Marigloria Palma ha cultivado la poesía, el cuento, la novela y el teatro con gran éxito. Como poetisa ha publicado diez libros de poesía y dos de ellos, *Agua suelta* (1942) y *San Juan entre dos azules* (1966), resultaron ganadores del célebre Premio Instituto de Literatura Puertorriqueña. Como narradora, Marigloria Palma ha colaborado en prestigiosas revistas literarias y su libro de cuentos, *Cuentos de la abeja encinta* (1976), junto con su novela *Amy Kottsky*, brillan por su calidad literaria.

Nuestra autora es también destacada pintora. Sus óleos y dibujos se han exhibido en los Estados Unidos y Puerto Rico. En la actualidad, reside en San Juan, Puerto Rico.

La mujer afanaba° de espaldas frente a la vieja estufita eléctrica. Era una mujer pequeña, chichonuda,° casi vegetal en su sólida regularidad. La parte superior de sus brazos, de tejidos elásticos, le bailaba sobre el codo[1] dándole la apariencia de senos.° De vez en cuando su mano ruda y usada,° subía tentando su cabello gris como una araña que se desliza insegura[2] sobre el teclado° de un piano. La manteca° caliente silbaba° en la sartén° o murmuraba llenando la pobre cocina de alegría hogareña. De vez en cuando Marcia echaba una mirada rápida sobre el hombro derecho.

—Así es que quieres comer la *franfura*° otra vez hoy, mijo° —comentó con ojos lánguidos° y voz entrecortada.°

—Si, moma,° y arroz blanco y maíz de lata° —dijo desde la esquina un muchacho alto, flaco y pálido. Su hermoso pelo negro le bajaba por detrás de las orejas.[3] La madre suspiró antes de comentar:

	toiled
	gorda fat
	breasts / worn out
	keyboard / lard
	whistled / skillet
	perro caliente hot dog / **mi hijo**
	fainting / halting
	mamá / canned

---

[1] **de...codo:** where the skin, hanging down over her elbows
[2] **como...insegura:** like a spider sliding down precariously
[3] **le...orejas:** came down over his ears

—*Franfura . . . franfura . . . franfura*, lo mismo siempre.
¡Porquerías!° — junk

El silencio se hizo único[4] como si dos gotas de agua co-
rriendo sobre un cristal se enlazaran.° — they became one — Marcia estaba siempre
silenciosa y siempre triste. Era la madre que no sabe qué
hacerse con un pedazo° — piece — vivo de su cuerpo y su alma . . . un
pedazo que había crecido torcido° como la rama° — twisted / branch — de aquel
árbol que desgajó° el temporal° — (it) tore up / storm — una noche de furia, pero, que
no murió por milagro. Esa rama dolorosa° — painful — era su hijo Beco.
Ya casi había agotado° los recursos de su astucia,° — exhausted / cleverness — pero el
temor de que algún día el hijo, como una bestia acorralada° — corralled
que huye al precipicio desnucándose,° — breaking its neck — continuaba en su em-
peño° de encarrilar° — quest / guiding — al joven por el buen camino, por el de
la cordura° — prudence — y normalidad.

El muchacho callaba porque su vida era una cosa cerrada
y triste; un meterse por un agujero oscuro y estrecho,° — narrow — cuyo
interior era un laberinto vigilado por fantasmas de dedos des-
carnados,° tiesos° — bare / stiff — y brutales.

—Desde hace días te noto más desconsolado° — dejected — que nunca,
mijo —le dijo la madre.

—Moma, usté siempre me tiene los ojos puestos encima;
me camina to'° — **todo** — el cuerpo como mecánico al automóvil . . .

Marcia volvió a suspirar; ¡lo quería tanto!

—Antes de venirnos pa' acá me dijiste un día en la *yarda*,° — **patio** yard
allá en la calle Longwood del Bronx: "moma, en Puerto Rico
yo voy a ser otro;° — a different person — voy a estudiar; voy a ser eso que allá llaman
un caballero. Me va usté a ver renacerme como un grano de
maíz que cae en el agua . . ." Como siempre, te ha gustao° — **gustado**
tanto el maíz . . . Pero no has cambiao,° — **cambiado** — mijo. Te veo el mismo:
el mismito que viste y calza . . .[5] Allá en el Bronx había mucho
peligro y yo no podía dormir tranquila pensando que te dieran
una paliza° las gangas° — beating / **pandillas** — gangs / (they) would split open — o que los policías te reventaran° el
estómago a patás,° — **patadas** — cobweb — pero aquí es diferente. Échate a la calle,[6]
mijo, en vez de estar como una telaraña° en esa esquina. Ahí
está el puerto, vete a mirar los barcos° — ships — ir y venir; eso es bueno
pa el alma. Apuesto a que todavía piensas en Cacha . . .
¡Aquella Cacha!

Marcia volvió a mirar a su hijo por sobre el hombro. Beco
hizo una mueca agria y desdeñosa;[7] no quería admitir su
amor; eso era flojo.[8]

---

[4] **El...único:** There was dead silence
[5] **Te...calza:** I see you as the same person: the very same person as before
[6] **Échate...calle:** Snap out of it
[7] **hizo...desdeñosa:** made a sour and disdainful face
[8] **eso era flojo:** that was a sign of weakness

La madre se puso a abrir una lata° apretando los dientes   tin can
de rabia.[9] Aquella muchacha tenía a su hijo entre el zapato;[10]
¡la muy bandida![11] Cacha ascendió burlona° de la manteca   scoffering
caliente y Marcia sintió su fuego en la punta de la nariz; era
una visión diabólica. La Cacha de siempre con la falda
cortísima, estrecha como un guante de cabritilla,° calzada   kidskin
sobre las nalgas;[12] las medias negras, el peinado abovedado
en forma de panal;[13] los labios pálidos—labios de viciosa°—   drug addict
y los ojos bordeados de negro con dos rabos en las esquinas
como patas de cucarachas.[14] ¡Jesús! ¡Jesús! Luego los zapatos
con tres pulgadas de tacos° y el carterón° al hombro. Y de sus   heels / **bolsa**
senos, de esto no se hable, perforaban los ojos de los hombres
con sus puntas° . . . Ahí estaba el *trick*. Sintió una rabia súbita   nipples
que le provocó una dura tensión en el estómago.

—Moma, Cacha no me quiere, no se apure tanto —dijo
Beco, y su voz se quebró como una caña de río—.[15] La salivita
tiene otro . . .[16]

—No pierdes mucho, mijo, ojalá.

Echó el maíz en la cacerola y se rascó las orejas. ¡Ay! aquellos alfilerazos° en las orejas.   pinpricks

—Sí, tiene un hombre nuevo. Ahora me la pega[17] con El
Gato. Él baila mejor el *twist* y, además tiene plata; tiene de
lo que la madama hizo el dulce.[18]

Marcia se estremeció al oír aquel apodo. ¡El Gato! Ése era
el jefe de la pandilla que robaba la leche en el edificio donde
ellos vivían y después, por diversión, iba dejando caer las
botellas desde la azotea.° Y si alguien se atrevía a protestar   flat roof
le pateaba el buche.° Y lo seguía pateando hasta que se de-   belly
sangraba y nadie se atrevía a llamar a la policía. De hecho,[19]
había quien mirara sin abrir la boca. ¡Virgen Santa!°   Holy Mother!

Beco dejó caer las alas de la boca[20] en una sonrisa desdeñosa. Luego se puso rígido y apretó el cuchillo que sostenía
en la mano.

[9] **apretando...rabia:**   clenching her teeth in a rage
[10] **tenía...zapato:**   had her son wrapped around her little finger
[11] **¡la muy bandida!:**   the little rascal!
[12] **calzada...nalgas:**   accentuating her buttocks
[13] **el...panal:**   her bouffant hairdo shaped like a beehive
[14] **y...cucarachas:**   and the eyes outlined in black with a tail in each corner
like the legs of a cockroach
[15] **una...río:**   a bamboo pole
[16] **La...otro:**   That sneaky one has another man
[17] **Ahora...pega:**   Now she's "making it"
[18] **tiene...dulce:**   he has a lot of dough
[19] **De hecho:**   As a matter of fact
[20] **dejó...boca:**   showed his discouragement

—A Cacha le gustan los hombres de pelo en pecho,[21] ésos que no temen la ley.

—Los bandidos dirás, mijo; los débiles . . . Déjala que se agarre° de ellos y así se van juntos a la cárcel y al infierno.   <small>hold on to</small>

—Pero usté sabe, moma, que a pesar de to' yo quiero a Cacha. Y si tuviera dinero—soy un pelao°—me iba a Nueva   **pelado** <small>nobody</small>
York y se la quitaba de los brazos a El Gato. Le abanicaba los billetes frente a la nariz a la mala perra[22] y le juro° por la   <small>I swear</small>
Virgen Santísima que me seguía . . .

A Marcia el corazón se le puso duro y pequeño como una nuez° al oír esto. ¡Ay, qué no le fallara la trampa![23] Sin alterar   <small>nut</small>
el tono paciente de la voz, le dijo:

—Pues olivídala, mijo. Deja que El Gato se la lleve en la boca como si fuera una rata muerta. No vale naíta.° Esa chilla°   **nadita** / <small>tramp</small>
es la perdición de los hombres. ¡Mal fin de Dios tenga![24]

La voz de la madre ascendió vital como un tallo° que va a   <small>stem</small>
florecer pero se desgranó súbitamente en un chorro° de   <small>stream</small>
lágrimas ocultas. Añadió con mucha timidez al principio:

—Tu prima Lucinda viene esta tarde a verte, Beco. Cuando la veas vas a relinchar; tiene unas curvas . . . que dan gusto.[25]
Yo encuentro que se parece a Cacha; es linda, vas a ver. Y es decente. Si se vistiera como Cacha . . . Fíjate en las piernas
que tiene, como pilones;° gordas como a ti te gustan.   <small>solid wood</small>

Marcia creyó conveniente echarse a reír y así lo hizo. Depositó frente a su hijo un plato grande con un cerro° de arroz   <small>heap</small>
blanco, otro de maíz en conserva° y en el borde dos salchichas   <small>canned</small>
humeantes° y olorosas.° Beco con un movimiento violento de   <small>steaming / fragrant</small>
la mano hundió el cuchillo en una de las salichas y se llevó un trozo grande a la boca. La movió bruscamente de cachete
a cachete[26] antes de tragarlo.

—Tu prima Lucinda es una buena muchacha. Nunca ha estado en Nueva York; es inocente. Y estudia para enfermera.

—Entonces huele a vómitos y a . . .

—¿A qué . . . ?

—A cloroformo.

—¿Qué cloroformo ni qué calabaza . . . ?[27] Huele a salud.

---

[21] **los...pecho:**   brave men; men with hair on their chest
[22] **Le...perra:**   I would flash the bills in front of the mean bitch's nose
[23] **¡Ay...trampa!:**   Alas!, if the trick would only work
[24] **¡Mal...tenga!:**   I hope God punishes her!
[25] **Cuando...gusto:**   When you see her, you're going to whoop for joy; she's got a shape that's a pleasure to watch.
[26] **de...cachete:**   from one side to the other
[27] **¿Qué...calabaza?:**   What nonense are you talking about?

Con ella me gustaría que te casaras, mijo. Tiene tu misma edad: diecisiete años.

—Lucinda tiene la cabeza cuadrá° —refunfuñó° Beco con un gesto de desdén, añadiendo— y va a la iglesia.

cuadrada square / (he) grumbled

Marcia lo miró embobada.°

astonished

—No sé qué diablo es eso de "cabeza cuadrá". Las cosas que se inventan. Y si cree en Dios, mejor . . .

Ahora se oía solamente el ruido que hacía Beco devorando la comida. Al terminar de tragar,° cosa que le tomó muy poco tiempo, se recostó° en una esquina y se puso a mondar° el palo de la escoba° con un cuchillo. Sus gestos eran violentos pero sordos;° eran como la turbulencia subterránea de un río.

swallowing
he leaned / carving
broom
silent

De momento se oyó en el balcón un taconeo° alegre. Por la puerta entró una jovencita descocada,° una copia de Cacha con todo el primor de los detalles.[28] Marcia corrió hacia ella y la abrazó ahogada de risa . . .[29] "¡Lucinda!", dijo. Beco levantó los ojos y se quedó perplejo.

clicking of heels
bold

Lucinda echó a caminar en su dirección y plantándosele cerca, le preguntó:

—¿Te gusto, Beco?[30]

Se contoneó con desparpajo;[31] así se lo había aconsejado Marcia. Beco seguía mudo° y asombrado. Lucinda se descompuso en unos pasos de baile grotescos, sincopados,[32] acompañándose con unas palmadas° al ritmo de una música negra norteamericana. Marcia, ahogada de risa, tapándose la boca, la miraba desde la puerta de la cocinita. Al fin Beco no pudo aguantar más, resistir la seducción y se echó a reír; estuvo riéndose largo rato. Después le dijo a su prima, moviendo la cabeza negativamente: "así no, *babe*, así". Se levantó y tomando a la jovencita por el talle° se puso a bailar con ella. La falda de Lucinda era tan estrecha que se le descosió en ambos lados. Reían locamente mientras bailaban. Marcia, sin poder contenerse gritaba desde la cocina: "¡Cacha! ¡Cacha pura y pinta!"[33] Un rato después los primos salieron de la casa cogidos de la mano.

speechless

applause

waist

—Vamos pa' el cine, moma —le gritó Beco desde la calle.

Marcia los vio alejarse con una mueca de llanto y una bendición° en los labios. Después se metió la mano en el seno,°

blessing / bosom

---

[28] **con...detalles:** with all of her detailed beauty
[29] **ahogada de risa:** overwhelmed with laughter
[30] **¿Te gusto, Beco?:** Do you like me?
[31] **Se...desparpajo:** She walked provocatively
[32] **Lucinda...sincopados:** Lucinda shook all over while attempting some awkward and grotesque dance steps
[33] **¡Cacha...pinta!:** A carbon copy of Cacha!

sacó un retrato° y se puso a contemplarlo al favor de la luz picture
que entraba por la puerta.[34]

—¡Caramba!,° me olvidé decirle a Lucinda que Cacha Damn!
siempre llevaba una navaja° en el pelo . . . La peluca era lo switchblade
primero que la policía de Nueva York les arrancaba a las
teenagers . . . ¡Ja ja ja!

María Luisa Palma

▶ Practiquemos el vocabulario

Complete las frases con la forma correcta de los siguientes vocablos:

barco	salchichas	navaja	telaraña
muecas	lánguido	cordura	cucarachas
azotea	talle	manteca	temporal

1. Subió hasta la _____ del edificio.
2. Esta casa es tan vieja que tiene muchas _____.
3. Las _____ son muy peligrosas.
4. Me miró con sus _____ ojos, y con la voz entrecortada se despidió de mí.
5. Prefiero que usted no cocine con _____.
6. A Beco le gustan las _____.
7. Las _____ son insectos.
8. El presidente es un hombre de mucha _____.
9. El _____ destrozó las cosechas.
10. El _____ navegaba sobre el mar.

▶ Preguntas

1. ¿Qué estaba haciendo Marcia al comenzar el cuento?
2. ¿Qué edad tiene el hijo? ¿Es niño, joven o qué?
3. ¿Por qué siempre estaba triste Marcía?
4. ¿Dónde vivieron Marcia y su hijo por algún tiempo?

---

[34] **al...puerta:** taking advantage of the light coming in through the door

5. ¿Por qué se mudaron para Puerto Rico?
6. ¿Quién es Cacha? ¿Es pariente de Marcia y su hijo?
7. ¿Cómo se vestía Cacha? ¿De moda?
8. ¿Cuál era la opinión de Marcia acerca de Cacha?
9. ¿Cómo se llamaba el rival de Beco?
10. ¿Cómo se divertían los miembros de la pandilla?
11. ¿De quién era primo Beco?
12. ¿Cuáles eran las razones por las cuales no le gustaba Lucinda a Beco?
13. ¿Cómo entró Lucinda en casa de Beco?
14. ¿Cuál fue la reacción de Beco al ver a Lucinda así?
15. ¿Tuvo éxito el plan de Marcia? ¿Por qué?

▶ Preguntas personales

1. ¿Por qué cree Ud. que Marcia tuvo que inventar ese plan? ¿Fue necesario hacerlo?
2. ¿Le parece a Ud. que Beco es un adolescente problemático? Explique.
3. ¿Opina Ud. que Beco y Lucinda, tarde o temprano, se harán novios?
4. ¿Piensa Ud. que Marcia es una buena madre, o se descuida de su hijo?
5. ¿Le gustaría a Ud. tener una novia o ser una muchacha como Cacha? Explique por qué.
6. ¿Cree Ud. que los padres deben de tener supervisión absoluta en los asuntos de sus hijos? Explique.
7. Si Ud. fuera padre o madre, ¿se preocuparía mucho por las amistades de sus hijos?
8. ¿Cree Ud. que la ley debe ser más fuerte con las personas que son pandilleros?

▶ Composición dirigida

Prepare una breve y concisa interpretación del tema "Los adolescentes" siguiendo el plan.

Título: Los adolescentes en nuestra sociedad

I. *Introducción*
   La adolescencia es un período delicado

II. *Desarrollo*
   A. Describa cómo deben de actuar los adolescentes respecto a:
      1. las relaciones con sus padres
      2. las relaciones con los mayores (adultos)
      3. la manera de actuar entre amigos
      4. la manera de vestir para distintas ocasiones
   B. Los adolescentes actúan de una manera distinta porque:
      1. el ser chico o chica juega un papel importante en la vida de los adolescentes
      2. las relaciones sexuales antes del matrimonio son (no son) necesarias
      3. algunas de las consecuencias pueden ser malas o agradables
   C. Los adolescentes y las drogas
      1. ¿qué se puede hacer para evitar el problema?
      2. ¿se debe siquiera experimentar con drogas?
      3. ¿cuáles son las consecuencias del uso de drogas?

III. *Conclusión*
   Concluya resumiendo sus puntos de vista

Por qué cundió brujería mala

Lydia Cabrera

Lydia Cabrera Lydia Cabrera es sin duda alguna la máxima autoridad del folklore afrocubano. Esta insigne escritora e investigadora nació en La Habana, Cuba en 1900. Después de cursar sus estudios de bachillerato en Cuba, Lydia Cabrera marchó a Francia, donde realizó estudios de antropología, arqueología e historia del arte.

Tras su regreso a Cuba, Lydia Cabrera se dedicó con esmero al estudio de la cultura afrocubana y sus numerosos trabajos de investigación han sido premiados por las más prestigiosas instituciones nacionales e internacionales.

Su labor, sin embargo, no se ha limitado solamente al campo de la investigación, pues Lydia Cabrera es también una excelente narradora de temas afrocubanos. Entre sus obras de creación literaria figuran *Cuentos negros de Cuba* (1939), *Por qué* (1948), *Ayapá: cuentos de Jicotea* (1971) y *Francisco y Francisca: charrasquillos de negros viejos* (1976).

Desde que abandonó Cuba en 1960, Lydia Cabrera reside en la ciudad de Coral Gables, Florida, donde continúa trabajando en el interesante campo del folklore afrocubano.

BRAKUNDÉ era leñador.°   woodcutter

Iba a un monte a cortar leña.° En la ceja° de monte, del   firewood / summit
monte-Monte-Munguela, habitaba un brujo congo,[1] Sicongo-
lundé-bantuá: congo malo del Congo Real . . . Y este brujo
era un diablo y este diablo se llamaba Indiambo.

Todos los días Brakundé pasaba frente al bohío de Indiambo y éste le decía:

—"Maniguayala . . . ¿Kindiambo?" (¿Quién manda?) Y
Brakundé respondía siempre:

—"¡Inzambi!" (Dios).

La mujer de Brakundé, Diansola, solía llevarle la comida.
Desde lejos oía el Hacha de Brakundé cantar sobre los troncos:

> Embó embó
> Embó embó
> Kasique mambión
> ¡Tún!

Y a la entrada del bosque,° el viejo cabrituno° Indiambo,   forest / goat-like
de ver con tanta frecuencia pasa a Diansola con su cesto° en basket

---

[1] **un brujo congo:**   a Congolese sorcerer

la cabeza—tan ligera y garbosa° que los pájaros se decían unos   graceful
a otros: "Güirigüiri" (¡mira, mira!) y quedaban atentos al ruido
agradable que hacían sus chanclos° levantando polvo: sandals
   "Chása-chása-chás-chása-chása-chás" —se enamoró de
ella. El diablo se alegraba al percibir sus pasos como el corazón
de Diansola se alegraba apenas oía entre las ramas el hacha
de Brakundé.
   Un día se dijo Indiambo: —"Voy a apoderarme de esta
mujer"; —pero a Diansola la seguía por doquier [2] su perro
Bagarabundi, y los diablos le temen al perro que jamás trai-
ciona al amo. Y Bagarabundi adivinaba la intención de In-
diambo, gruñía° descubriendo° oportunamente los colmillos°   he would growl / showing / canine teeth
puntiagudos° cuando éste, para ver a Diansola, asomaba por   sharp
un hueco° de la pared de yagua,[3] la mitad de su cara sober-   peephole
meja,° un cuerno° de chivo,° y en ascuas,[4] un ojo vertical.   reddish / horn / goat
   De otra parte, como Brakundé, cuando él le preguntaba:
—"Maniguayala . . . ¿Kindiambo?", nunca dejaba de res-
ponder —"¡Inzambi!", pensó:
   —"Primero haré una uemba° para alejar a Brakundé. Des-   **hechizo** spell
pués amarraré al perro . . . y me robaré a Diansola."
   Quemó azufre.° Fue una noche sin luna; porque el diablo   sulphur
trabaja las noches muy negras, cuando ni la luna lo ve . . .
Tomó una paja° de maíz, la entizó,° la torció hacia afuera[5]   shuck / he chalked
cantando e hizo tres lazadas° muy fuertes. Y no se dirá que   bowknots
más hizo . . .[6] Terminado el maleficio,° no tardaron dos   spell
hombres, de parte de la Justicia en prender° a Brakundé.   in arresting
   Lo llevaron a la cárcel, a Enso-Gando[7] y lo encerraron en
un calabozo.° Entonces Diansola dejó de ir[8] al bosque.   dungeon
   Todos los días Diansola iba a la cárcel a llevarle de comer
y, ahora, camino de la cárcel,[9] vivía el Indiambo y Diansola
forzosamente debía pasar frente a su puerta. El Indiambo
preguntaba —"¿Kindiambo?" Ella contestaba: —"¡Inzambi!",
y como Bagarabundi la acompañaba y gruñía rijoso,° el Diablo   belligerently
no se atrevía a abordar° a Diansola.   to approach
   Al fin llegó el día en que Brakundé cumplió su pena.[10]
Brilló el filo° del hacha que colgaba en el muro.° Diansola ató   cutting edge / wall

[2] **por doquier:** everywhere
[3] **yagua:** fibrous tissue of a palm tree used to make huts
[4] **en ascuas:** agitated
[5] **la...fuera:** he twisted it inside out
[6] **Y...hizo:** And we won't say what else he did
[7] **Enso-Gando:** Congolese word for jail
[8] **dejó de ir:** stopped going
[9] **a...cárcel:** to take him something to eat, and now, on the way to the jail
[10] **cumplió su pena:** finished his sentence

a Bagarabundi y salió a reunirse con Brakundé. Por las piedras duras de la calle otra vez sonaban sus chanclos, sus pies veloces,° alegres: swift

chiquiri-chiquiri-chiquirichí . . .

Chiqui chiqui chiquirichí

El Indiambo trasechaba en la mirilla[11] y al cruzar Diansola abrió el portón,° se apoderó de ella, la metió en un saco y   large door
huyó a su monte, el monte viejo de los Cedros, el monte Monte-Munguela.

Diansola gritaba dentro del saco:

—"¡Brakundé, el diablo me lleva, Brakundé!", pero el viento revoltoso° que echó a correr con el diablo en dirección   whirling
al monte, se llevaba sus gritos, y ni Brakundé ni nadie la oía.

Cansado de esperar a Diansola en la puerta de la cárcel, en las esquinas, Brakundé volvió solo a su casa. Bagarabundi aullaba° impaciente arañando° el suelo; el hacha relumbraba   (he) was howling /
colgada° en la pared.   scratching
                                                                                   hanging

Brakundé llamó a Diansola.

Diansola allá en el monte Monte-Munguela, gritaba presa°   caught
forcejeando en las garras° del diablo: paws

—"¡Brakundé, el diablo me tiene Brakundé! ¡Brakundé, el diablo me goza,[12] Brakundé!" y sólo el perro la oía. (El Hacha . . . el Hacha lo sabía todo).

Brakundé, desató° a Bagarabundi. El Hacha cayó al suelo;   (he) untied
de rechazo,[13] súbito, Brakundé la tuvo en su mano. Bagara-bundi lo arrastraba hacia la calle y el Hacha chispeaba° en su   (it) was sparkling
puño.° Bagarabundi lo llevó al bosque y el viento que volvía   fist
del monte traía los gritos de la mujer Diansola:

—"¡Brakundé, el diablo no suelta, Brakundé! ¡Brakundé, el diablo me acaba, Brakundé!"

Abrió los brazos para apresar al viento y éste, que le jugaba la cabeza haciendo esguinces,[14] escapó con las palabras y los gemidos° de la mujer. En la ceja del monte, Brakundé se   moanings
dirigió a los muertos, a los abuelos olvidados, desconocidos, cuyas almas estaban allí en lo íntimo[15] del bosque:

"¡Ay Diansola, Diansola kokuando bonkele!

¡Ay Diansola Diansola!

Kikirimensu Diansola

---

[11] **trasechaba...mirilla:** was spying through the peephole
[12] **el...goza:** the devil is raping me
[13] **de rechazo:** in a rebound
[14] **que...esguinces:** (the wind) that out-smarted him by dodging him
[15] **lo íntimo:** the deepest part

Yambrisa, fifita oyongo Lungambé
Brakundé, kandilonga, Brakundé."

Llego al bohío de Indiambo. La puerta estaba atrancada.°   locked
Brakundé la derribó. No halló a nadie. Indiambo se había
escondido en el fondo del monte, en lo recóndito,[16] donde no
se llega, donde el terror enloquece y mata. Pero Bagarabundi
no tenía miedo y avanzó hasta el fin y escapándose de su
mano,[17] el Hacha, rabiosa,° tajó el espeso enredijo que for-   mad
maban los brazos y las piernas y las greñas de los diablos
árboles que, erizándose de púas,[18] se apretaban y enlazaban
para cerrarles el paso.

Cuando el Hacha incontenible° venció a los árboles diablos   irrepressible
y sólo quedaron en pie algunos troncos lisos,° Bagarabundi   smooth
condujo a su amo hasta un agujero cubierto de hojas y ramas.
Allí gemía sin voz Diansola. Allí sorprendió al Indiambo
lujuriando.°   copulating

Bagarabundi lo apresó con sus dientes; Brakundé lo ahogó
con sus manos; y el Hacha, que solo había probado sangre
verde de árbol, enrojeciendo frenética,° lo cortó en pedazos.   frantically

Brakundé guardó cuidadosamente los trozos sangrantes°   bloody
en el mismo saco en que el diablo había encerrado a Diansola.
Temiendo que aquellos miembros° volvieran a unirse si se   parts
enterraban a Indiambo resucitara, Brakundé y Diansola re-
corrieron el mundo arrojando° cada pedazo en un país dis-   hurling
tinto. Mas sin saber, iban regando la brujería mala por todas
partes, pues allí donde caía un trozo, un ripio° de la carne   piece
del congo sicongo-unlé-bantuá, de aquel brujo, congo malo
del Congo Real—que era el Diablo—otro brujo malvado°   evil
nacía.° Y "Uemba" crecía, cundía° por el mundo.   (it) was born / (it) was
    spreading

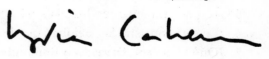

---

[16] **lo recóndito:**   the deepest part
[17] **su mano:**   reference to Brakundé's hand
[18] **tajó...púas:**   chopped the thick entanglement created by the arms, legs
    and hair of the diabolic trees that, bristling with prongs

▶ Practiquemos el vocabulario

Complete las frases con la forma correcta de los siguientes vocablos:

liso	gemido	cárcel	azufre
garbosa	calabozo	brujo	chivo
garras	puntiagudo	cesto	leña

1. Hay tanto olor a _____ aquí que no puedo respirar.
2. Puse las fresas en el _____.
3. Después de pasar dos años en un _____, el prisionero cumplió su pena.
4. Yo le tengo miedo a ese _____ porque hace muchos maleficios.
5. El leñador usaba un hacha para cortar _____.
6. Los colmillos del perro eran muy _____.
7. Brakundé oyó los _____ de su mujer.
8. María es muy bonita y _____.
9. El _____ es un animal con cuernos.
10. El tronco de ese árbol está _____.

▶ Preguntas

1. ¿Cuál era el oficio de Brakundé?
2. ¿Quién era Indiambo? Descríbalo.
3. ¿Qué se propuso Indiambo un día?
4. ¿Quién era Bagarabundi? Descríbalo.
5. ¿A qué cosa le temen los diablos? ¿Por qué?
6. ¿En qué consistía la "uemba" que le preparó Indiambo a Brakundé?
7. ¿Qué le llevaba Diansola a Brakundé cuando éste estaba en la cárcel?
8. ¿Por qué no se atrevía Indiambo a abordar a Diansola?
9. ¿Qué le hizo Indiambo a Diansola cuando ella fue a reunirse con su esposo?
10. ¿Por qué nadie podía oír los gritos de Diansola?
11. ¿Dónde y por qué se escondió Indiambo?
12. ¿Qué le pasó a Indiambo cuando lo sorprendió Brakundé?
13. ¿Dónde guardó Brakundé los trozos de Indiambo?
14. ¿Qué temían Brakundé y Diansola? ¿Por qué?
15. ¿Cómo termina el cuento? Explique en detalle.

▶ Preguntas personales

1. ¿Por qué cree Ud. que Brakundé se dirigió a los muertos?
2. ¿Piensa Ud. que Brakundé hizo bien en matar a Indiambo?
3. ¿Habría Ud. hecho lo mismo, o hubiera actuado de forma diferente?
4. ¿Puede Ud. citar algún ejemplo de personificación en esta obra?
5. Para Ud., ¿existe alguna diferencia entre un cuento y una leyenda? Explique.
6. ¿Cree Ud. en la existencia de los diablos o es todo pura tontería?
7. ¿Le gustaría a Ud. estudiar más a fondo la mitología africana? ¿Por qué?
8. ¿Le gustó a Ud. este tipo de obra literaria? Diga por qué.

▶ Composición dirigida

Invente Ud. una leyenda teniendo en cuenta las siguientes observaciones, y usando como modelo "Por qué cundió brujería mala".

Título: La leyenda de . . .

  I. *Introducción*
     A. Defina Ud. un hecho sobre el cual se pueda crear una trama

 II. *Desarrollo*
     A. Establezca el personaje principal sobre el cual gira la leyenda
     B. Establezca el número de personajes secundarios
     C. Los cuadros de acción que sirvan para el desarrollo de la leyenda
     D. Adentre en la psicología de los personajes si así lo estima conveniente

III. *Conclusión*
     Trate de dar un final lógico a la leyenda teniendo en cuenta lo escrito en las dos secciones previas

Santa Clo va a La Cuchilla

Abelardo Díaz Alfaro

Abelardo Díaz Alfaro Abelardo Díaz Alfaro nació en Ca-
guas, Puerto Rico en 1918. Cursó sus estudios superiores
en el Instituto Politécnico de San Germán y la Universidad
de Puerto Rico. Al terminar dichos estudios, Díaz Alfaro fue
trabajador social por cinco años en las zonas rurales de
Puerto Rico, y esta experiencia en el campo se vería reflejada
más tarde en sus cuentos.

Aunque su producción literaria no es muy numerosa, se
destaca por su calidad. Su primer libro, *Terrazo* (1947), una
colección de cuentos que tratan de la vida rural puertorriqueña, obtuvo los premios Instituto de Cultura Puertorriqueña
y de la Sociedad de Periodistas Universitarios en ese mismo
año. "El josco", que se encuentra en dicha colección, ha
sido traducido a varios idiomas. Díaz Alfaro también publicó
otro libro, *Mi isla soñada* (1967), que forma "parte de una
selección de miles y miles de estampas que están inéditas".

Desde hace años, Díaz Alfaro es productor de una serie
de radio sobre temas rurales para la emisora WIPR del Departamento de Instrucción de Puerto Rico. El notable escritor
también colabora en periódicos y revistas literarias de Puerto
Rico y Nueva York.

El rojo de una bandera tremolando sobre una bambúa[1]
señalaba la escuelita de Peyo Mercé. La escuelita tenía dos
salones° separados por un largo tabique.° En uno de esos   large rooms /
salones enseñaba ahora un nuevo maestro: Míster Johnny   partition
Rosas.

Desde el lamentable incidente en que Peyo Mercé lo hizo
quedar mal ante[2] Mr. Juan Gymns, el supervisor creyó pru-
dente nombrar otro maestro para el barrio La Cuchilla que
enseñara a Peyo los nuevos métodos pedagógicos y llevara
la luz del progreso al barrio en sombras.[3]

Llamó a su oficina al joven aprovechado° maestro Johnny   diligent
Rosas, recién graduado y que había pasado su temporadita[4]
en los Estados Unidos, y solemnemente le dijo: "Oye, Johnny,
te voy a mandar[5] al barrio La Cuchilla para que lleves lo último

---

[1] **El...bambúa:** A red flag waving on a bamboo pole
[2] **lo...ante:** made him look bad in front of
[3] **y...sombras:** and would enlighten the backward village
[4] **que...temporadita:** who had spent a brief time
[5] **te...mandar:** I'm going to send you

que aprendiste en pedagogía. Ese Peyo no sabe ni jota[6] de eso; está como cuarenta años atrasado en esa materia.[7] Trata de cambiar las costumbres y, sobre todo, debes enseñar mucho inglés, mucho inglés.''

Un día Peyo vio repechar en viejo y cansino caballejo la cuesta de la escuela al nuevo maestrito.[8] No hubo en él resentimiento. Sintió hasta un poco de conmiseración° y se dijo: pity "Ya la vida le irá trazando surcos como el arado a la tierra."[9]

Y ordenó a unos jibaritos° que le quitaran los arneses al   peasant kids caballo y se lo echaran a pastar.[10]

Peyo sabía que la vida aquella iba a ser muy dura° para el   difficult jovencito. En el campo se pasa mal.[11] La comida es pobre; arroz y habichuelas, mojo,[12] avapenes,° arencas de agua,[13]   breadfruit bacalao,° sopa larga° y mucha agua para rellenar. Los caminos   codfish / codfish soup casi intransitables,° siempre llenos de "tanques".° Había que   impassible / **hoyos** bañarse en la quebrada° y beber agua de lluvia.° Peyo Mercé   puddles tenía que hacer sus planes a la luz oscilante de un quinqué   stream / rain water o de un jacho de tabonuco.[14]

Johnny Rosas se aburría cuando llegaba la noche. Los cerros° se iban poniendo negros y fantasmales.[15] Una que otra   hills lucecita prendía su guiño tenue y amarillento en la monotonía sombrosa del paisaje.[16] Los coquíes[17] punzaban el corazón de la noche. Un gallo° suspendía su cantar lento y tremolante.   rooster A lo lejos un perro estiraba un aullido doliente al florecer de las estrellas.[18]

Y Peyo Mercé se iba a jugar baraja° y dominó a la tiendita   cards de Tano.

Johnny Rosas le dijo un día a Peyo: "Este barrio está muy atrasado.° Tenemos que renovarlo. Urge traer cosas nuevas.   backward Sustituir lo tradicional, lo caduco.° Recuerda las palabras de   obsolete

---

[6] **no...jota:** he doesn't know "beans"
[7] **está...materia:** he's about forty years behind in that subject
[8] **Peyo...maestrito:** Peyo saw the rookie teacher going up the school hill on an old, weary nag
[9] **Ya...tierra:** Life will slowly trace furrows on him like the plough does to the land
[10] **que...pastar:** to take off the horse's harness and put him out to pasture
[11] **En...mal:** Life is tough in the countryside
[12] **mojo:** a garnish of chopped parsley and onion with lemon
[13] **arencas de agua:** herring
[14] **a...tabonuco:** under the blinking light of an old lamp or a torch of resin
[15] **se...fantasmales:** were turning black and ghost-like
[16] **Una...paisaje:** A light here and there would light up the shadowy landscape with a faint yellowish twinkle
[17] **coquíes:** small frogs indigenous to Puerto Rico
[18] **estiraba...estrellas:** drew out a painful howl as the stars came out

Mr. Escalera: Abajo° la tradición. Tenemos que enseñar mucho inglés y copiar las costumbres del pueblo americano."

Down with

Y Peyo, sin afanarse mucho, goteó° estas palabras: "Es verdad, el inglés es bueno y hace falta. Pero, ¡bendito! si es que ni el español sabemos pronunciar bien. Y con hambre el niño se embrutece. La zorra° le dijo una vez a los caracoles:° 'Primero tienen ustedes que aprender a andar para después correr.'

(he) spilled

fox / snails

Y Johnny no entendió lo que Peyo quiso decirle.

El tabacal° se animó un poco. Se aproximaban las fiestas de Navidad. Ya Peyo había visto con simpatía a unos de sus discípulos° haciendo tiples y cuatros de cedro y yagrumo.[19] Estas fiestas le traían recuerdos gratos° de tiempos idos.° Tiempos de la reyada,[20] de la comparsa.[21] Entonces el tabaco se vendía bien. Y la "arrelde"[22] de carne de cerdo se enviaba a los vecinos en misiva de compadrazgo.[23] Y todavía le parecía escuchar aquel aguinaldo:°

tobacco plantation

pupils

pleasant / passed

carol

> Esta casa tiene
> la puerta de acero,°
> y el que vive en ella
> es un caballero.

steel

Caballero que ahora languidecía como un morir de luna sobre los bucayos.[24]

Y Johnny Rosas sacó a Peyo de su ensoñación[25] con estas palabras: "Este año hará su *debut* en La Cuchilla Santa Claus. Eso de los Reyes está pasando de moda.[26] Eso ya no se ve mucho por San Juan. Eso pertenece al pasado. Invitaré a Mr. Rogelio Escalera para la fiesta; eso le halagará mucho."[27]

Peyo se rascó la cabeza, y sin apasionamiento° respondió: "Allá tú como Juana con sus pollos.[28] Yo como soy jíbaro° y de aquí no he salido, eso de los Reyes lo llevo en el alma. Es que nosotros los jíbaros sabemos oler las cosas como olemos el bacalao."[29]

anger

peasant

---

[19] **haciendo...yagrumo:** making five and four-string guitars out of cedar and elm
[20] **reyada:** festival of the Three Wise Men on Epiphany (Jan. 6)
[21] **comparsa:** people dressed up singing through the streets
[22] **arrelde:** a measure equivalent to four pounds
[23] **en...compadrazgo:** as a sign of goodwill toward neighbors.
[24] **como...bucayos:** like the moon setting over the bucayo trees
[25] **sacó...ensoñación:** awakened Peyo from his daydream
[26] **Eso...moda:** That thing about the Three Wise Men is going out of style
[27] **eso...mucho:** that will please him a lot
[28] **Allá...pollos:** Do as you please
[29] **Es...bacalao:** We peasants can see things for what they are

Y se dio Johnny[30] a preparar mediante unos proyectos el camino para la "Gala Premiere" de Santa Claus en La Cuchilla. Johnny mostró a los discípulos una lámina° en que aparecía Santa Claus deslizándose en un trineo tirado por unos renos.[31] Peyo, que a la sazón[32] se había detenido en el umbral° de la puerta que dividía los salones, a su vez[33] se imaginó otro cuadro: un jíbaro jincho y viejo montado en una yagua arrastrada por unos cabros.[34]

illustration

threshold

Y Míster Rosas preguntó a los jibaritos: "¿Quién es este personaje?" Y Benito, "avispao" "maleto" como él solo,[35] le respondió: "Místel,° ése es año viejo, colorao."°[36]

Mister / **colorado**

Y Johnny Rosas se admiró de la ignorancia de aquellos muchachos y a la vez se indignó por el descuido° de Peyo Mercé.

negligence

Llegó la noche de la Navidad. Se invitó a los padres del barrio.

Peyo en su salón hizo una fiestecita típica, que quedó la mar de lucida.[37] Unos jibaritos cantaban coplas° y aguinaldos con acompañamiento de tiples y cuartos. Y para finalizar aparecían los Reyes Magos, mientras el viejo trovador° Simón versaba sobre "Ellos van y vienen, y nosotros no". Repartió arroz con dulce y bombones,[38] y los muchachitos se intercambiaron "engañitos".°

popular songs

minstrel

small gifts

Y Peyo indicó a sus muchachos que ahora pasarían al salón de Mr. Johnny Rosas, que les tenía una sorpresa, y hasta había invitado al supervisor Mr. Rogelio Escalera.

En medio del salón se veía un arbolito artificial de Navidad. De estante° a estante colgaban unos cordones° rojos. De las paredes pendían coronitas de hojas verdes y en el centro un fruto encarnado.[39] En letras cubiertas de nieve se podía leer: "Merry Christmas". Todo estaba cubierto de escarcha.°

bookshelf / cords

frost

Los compañeros° miraban atónitos° todo aquello que no habían visto antes. Mr. Rogelio Escalera se veía muy complacido.°

classmates / astounded

pleased

---

[30] **Y...Johnny:** And Johnny took up the task
[31] **deslizándose...renos:** sliding on a sled pulled by reindeer
[32] **que...sazón:** who at the time
[33] **a su vez:** on his own
[34] **un...cabros:** an old fat peasant riding on a palm tree pulled by some goats
[35] **avispao...solo:** clever and tricky as only he could be
[36] **ese...colorao:** that's the old (last) year dressed in red
[37] **que...lucida:** which turned out great
[38] **arroz...bombones:** rice pudding and chocolates
[39] **coronitas...encarnado:** small wreaths with a red fruit in the middle

Unos niños subieron a la improvisada plataforma y formaron un acróstico° con el nombre de Santa Claus. Uno relató `verse`
la vida de Noel y un coro de niños entonó "Jingle Bells", haciendo sonar unas campanitas. Y los padres se miraban unos a otros asombrados. Míster Rosas se ausentó un momento. Y el supervisor Rogelio Escalera habló a los padres y niños felicitando al barrio por tan bella fiestecita y por tener un maestro tan activo y progresista como lo era Míster Rosas.

Y Míster Escalera requirió de los concurrentes[40] el más profundo silencio, porque pronto les iban a presentar a un extraño y misterioso personaje. Un corito° inmediatamente `small choir`
rompió a cantar:

       Santa Claus viene ya . . .
       ¡Qué lento caminar!
       Tic, tac, tic, tac.

Y de pronto surgió en el umbral de la puerta la rojiblanca° `red and white`
figura de Santa Claus con un enorme saco a cuestas[41] diciendo
en voz cavernosa:° "Here is Santa, Merry Christmas to you `low-pitched`
all."

Un grito de terror hizo estremecer el salón. Unos campesinos se tiraban por las ventanas, los niños más pequeños empezaron a llorar y se pegaban a las faldas de las comadres,[42]
que corrían en desbandada.° Todos buscaban un medio de `disarray`
escape. Y Míster Rosas corrió tras ellos, para explicarles que él era quien se había vestido en tan extraña forma; pero entonces aumentaba el griterío° y se hacía más agudo° el pánico. `uproar / intense`
Una vieja se persignó y dijo: "¡Conjurao° sea!"[43] "¡Si es el `conjurado`
mesmo° demonio jablando° en americano!"[44] `mismo / hablando`

El supervisor hacía inútiles esfuerzos por detener a la gente y clamaba desaforadamente.[45] "No corran; no sean puertorriqueños batatitas.° Santa Claus es un hombre humano y `dummies`
bueno."

A lo lejos se escuchaba el griterío de la gente en desbandada. Y Míster Escalera, viendo que Peyo Mercé había permanecido indiferente y hierático,° vació todo su rencor en él `solemn`
y le increpó a voz en cuello.[46] "Usted, Peyo Mercé, tiene la

---

[40] **requirió...concurrentes:** demanded from those present
[41] **con...cuestas:** with an enormous sack on his back
[42] **y...comadres:** and clung to the skirts of the women
[43] **¡Conjurao sea!:** May he be exorcized!
[44] **¡Si...Americano!:** Why it is the devil himself speaking English!
[45] **clamaba desaforadamente:** was shouting furiously
[46] **vació...cuello:** emptied all of his animosity on him and rebuked him by yelling

culpa de que en pleno siglo veinte se den en este barrio esas salvajadas.''[47]

Y Peyo, sin inmutarse, le contestó: "Míster Escalera, yo no tengo la culpa de que ese santito no esté en el santoral puertorriqueño.''[48]

Abelardo Díaz Alfaro

▶ Practiquemos el vocabulario

Complete las frases con la forma correcta de los siguientes vocablos:

tabique	gallo	atónito	paisaje
tabacal	aprovechado	quebrada	recuerdo
zorra	estante	bacalao	aguinaldo

1. El _____ de Puerto Rico es muy hermoso.
2. Nunca habían visto a Santa Claus; por eso miraban _____.
3. Los _____ se cantan en la Navidad.
4. Estas fiestas me traen muchos _____ de mi pueblo.
5. Cuando vivíamos en el campo, nos gustaba bañarnos en la _____.
6. El _____ es un pescado muy sabroso.
7. Juanito es un estudiante muy inteligente y _____.
8. El _____ separaba los salones.
9. Los _____ cantaban todas las noches.
10. La _____ es un animal muy inteligente.

▶ Preguntas

1. ¿Quién es Peyo Mercé en el cuento de Díaz Alfaro?
2. ¿Quién es y de dónde es Johnny Rosas? Explique.
3. ¿Cómo se llama el supervisor y cómo es él?
4. ¿Cuál era el propósito de enviar a Johnny Rosas a La Cuchilla?
5. ¿Cuál era la opinión que tenía el supervisor sobre Peyo Mercé?

---

[47] **se...salvajadas:** these barbarities are committed in this community
[48] **de...puertorriqueño:** that little saint is unknown in Puerto Rico

6. ¿Por qué dice Peyo Mercé que la vida en el campo es dura?
7. ¿Cuáles eran las diferencias que existían entre Peyo Mercé y Johnny Rosas?
8. ¿Qué recordaba Peyo Mercé durante la Navidad? ¿Por qué?
9. ¿Qué proyecto tenía Johnny Rosas para la Navidad?
10. ¿Cómo se imaginó Peyo Mercé a Santa Claus? Explique.
11. ¿Podría Ud. describir la fiestecita que dio Peyo Mercé?
12. ¿Cómo estaba decorado el salón de Johnny Rosas?
13. ¿Cómo reaccionaron los concurrentes cuando apareció Santa Claus?
14. Según Mr. Escalera, ¿quién tuvo la culpa del fracaso de la fiesta?
15. ¿Cuál fue la respuesta de Peyo Mercé a Mr. Escalera?

▶ Preguntas personales

1. ¿Quién cree Ud. que tuvo la culpa del fracaso de la fiesta y por qué?
2. ¿Cuál es su opinión acerca de las ideas de Peyo Mercé?
3. ¿Qué opina Ud. sobre las ideas de Johnny Rosas y Mr. Escalera?
4. ¿Se considera Ud. una persona de ideas "progresistas" o un "tradicionalista"? Explique por qué.
5. ¿Le gusta a Ud. la época de la Navidad? Diga Ud. por qué.
6. ¿Cuáles son sus planes para la próxima Navidad?
7. ¿Celebran de alguna manera especial sus padres y hermanos la Navidad?
8. Comente Ud. acerca del poder descriptivo de Abelardo Díaz Alfaro.

▶ Composición dirigida

Escriba Ud. una composición sobre la cultura de alguno de los diferentes grupos étnicos de los Estados Unidos que Ud. conozca, dando sus propias opiniones.

Título: La cultura de los diferentes grupos étnicos de los Estados Unidos debe (no debe) ser respetada

I. *Introducción*
El derecho a conservar su cultura es un derecho inalineable de cada ciudadano

II. *Desarrollo*
   A. El conservar su cultura ayuda al ciudadano a definir mejor su identidad
   B. La preservación de la cultura por parte de cada grupo étnico trae beneficios para la nación

C. El no asimilarse a la sociedad norteamericana puede traer problemas al individuo en el aspecto:
1. social
2. económico
3. político
4. educacional

III. *Conclusión*

El adaptarse a la sociedad americana es necesario pero también es importante conservar la cultura y las costumbres tradicionales de cada grupo

Campeones

Pedro Juan Soto

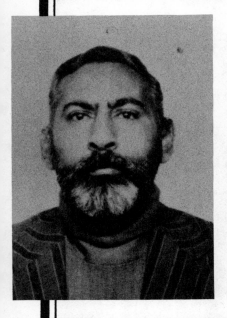

Pedro Juan Soto Periodista, cuentista, novelista y dramaturgo, Pedro Juan Soto, es el autor puertorriqueño que más ha revelado las múltiples experiencias de sus compatriotas en los Estados Unidos.

Nacido en Cataño, Puerto Rico en 1928, Pedro Juan Soto se trasladó a la ciudad de Nueva York en 1946 e ingresó en la Universidad de Columbia donde obtuvo el grado de Maestro en Artes en 1953. Durante su estancia en esta ciudad, comenzó a publicar sus primeros cuentos en revistas hispanas. Dos de estos cuentos, "Garabatos" y "Los inocentes", fueron premiados en los años 1953 y 1954, respectivamente.

La obra narrativa del autor es extensa. Entre sus novelas más famosas se cuentan *Usmaíl* (1958), *El francotirador* (1969) y *Ardiente suelo, fría estación* (1961). Su libro de cuentos, *Spiks* (1956), es una verdadera cosmovisión de la vida del puertorriqueño en los Estados Unidos. Como dramaturgo, su obra teatral, *El huésped* (1955), ganó el premio auspiciado por el teatro experimental del Ateneo de Puerto Rico.

Desde 1955 Pedro Juan Soto reside en Puerto Rico donde es profesor de literatura en la Universidad de Puerto Rico.

El taco° hizo un último vaivén[1] sobre el paño° verde, picó al mingo[2] y lo restalló° contra la bola quince. Las manos rollizas,° cetrinas,° permanecieron quietas hasta que la bola hizo *clop* en la tronera° y luego alzaron el taco hasta situarlo diagonalmente frente al rostro ácnido y fatuo:° el rizito envaselinado[3] estaba ordenadamente caído sobre la frente, la oreja atrapillaba° el cigarrillo, la mirada era oblicua y burlona,° y la pelusilla° del bigote había sido acentuada a lápiz.

—¿Quiubo,° *men?* —dijo la voz aguda—. Ése sí fue un tiro° de campión,° ¿eh?

Se echo a reír entonces. Su cuerpo chaparro,° grasiento,° se volvió una mota alegremente tembluzca[4] dentro de los ceñidos° mahones° y la camiseta sudada.

Contemplaba a Gavilán—los ojos demasiado vivos° no parecían tan vivos ya, la barba de tres días pretendía enmarañar° el malhumor° del rostro y no lo lograba, el cigarrillo cenizoso°

	cue stick / felt
	(it) clacked / stubby
	yellowish
	pocket
	stupid
	(it) clipped / mocking
	little fuzz
	¿Qué hubo? / shot
	campeón
	squatty / greasy
	tight / blue jeans
	wise
	to camouflage
	bad mood / ashy

---

[1] **hizo...vaivén:** made a last swing
[2] **picó al mingo:** hit the cue ball
[3] **el rizito envaselinado:** the little greased curl
[4] **se...tembluzca:** turned into a cheerfully shaking blob

136

mantenía cerrados los labios detrás de los cuales nadaban las palabrotas°—y disfrutaba de la hazaña° perpetrada. Le había ganado dos mesas corridas.[5] Cierto que Gavilán había estado seis meses en la cárcel, pero eso no importaba ahora. Lo que importaba era que había perdido dos mesas con él, a quien estas victorias colocaban en una posición privilegiada. Lo ponían sobre los demás, sobre los mejores jugadores del barrio y sobre los que le echaban en cara[6] la inferioridad de sus dieciséis años—su "nenura"°—en aquel ambiente. Nadie podría ahora despojarle° de su lugar en Harlem. Era *el nuevo,* el sucesor de Gavilán y los demás individuos respetables. Era igual . . . No. Superior, por su juventud: tenía más tiempo y oportunidades para sobrepasar todas las hazañas de ellos.

obscenities / feat

babyishness
to strip him

Tenía ganas de salir a la calle[7] y gritar: "¡Le gané dos mesas corridas a Gavilán! ¡Digan ahora! ¡Anden y digan ahora!"[8] No lo hizo. Tan sólo entizó su taco y se dijo que no valía la pena. Hacía sol afuera, pero era sábado y los vecinos andarían por el mercado a esta hora de la mañana. No tendría más público que chiquillos° mocosos° y abuelas desinteresadas. Además, cierta humildad era buena característica de campeones.

kids / sniveling

Recogió la peseta que Gavilán tiraba sobre el paño y cambió una sonrisa ufana° con el coime° y los tres espectadores.

conceited /
scorekeeper

—Cobra lo tuyo —dijo al coime, deseando que algún espectador se moviera hacia las otras mesas para regar la noticia, para comentar cómo él—Puruco, aquel chiquillo demasiado gordo, el de la cara barrosa° y la voz cómica—había puesto en ridículo al gran Gavilán.[9] Pero, al parecer, estos tres esperaban otra prueba.°

pimpled

test

Guardó sus quince centavos y dijo a Gavilán que se secaba su demasiado sudor de la cara:

—¿Vamos pa la otra?

—Vamoh° —dijo Gavilán, cogiendo de la taquera° otro taco para entizarlo meticulosamente.

vamos / *rack*

El coime desenganchó° el triángulo° e hizo la piña[10] de la próxima tanda.°

(he) unhooked / rack
round

Rompió Puruco, dedicándose en seguida a silbar y a pasearse alrededor de la mesa elásticamente, casi en la punta de las tenis.[11]

---

[5] **dos mesas corridas:** two consecutive games
[6] **que...cara:** who used to put him down because of
[7] **Tenía...calle:** He felt like going out into the streets
[8] **¡Anden...ahora!:** Come on and put me down now!
[9] **había...Gavilán:** had made a fool of the great Gavilán
[10] **hizo la piña:** racked the balls
[11] **elásticamente...tenis:** with a springy walk, almost on his tip-toes

Gavilán se acercó al mingo con su pesadez° característica   sluggishness
y lo centró, pero no picó todavía. Simplemente alzó la cabeza
peludísima, dejando el cuerpo inclinado sobre el taco y el
paño, para decir:

—Oye, déjame el pitito.[12]

—Okey, *men* —dijo Puruco, y batuteó su taco hasta que   shot
oyó el tacazo° de Gavilán y volvieron a correr y a chasquear
las bolas.[13]

—Ay, bendito —rió Puruco—. Si lo tengo muerto a ehte°   **este**
hombre.[14]

Picó hacia la uno, que se fue[15] y dejó a la dos enfilada°   lined up
hacia la tronera izquierda. También la dos se fue. Él no podía
dejar de sonreír hacia uno y otro rincón del salón.[16] Parecía
invitar a las arañas, a las moscas,° a los boliteros° dispersos   flies / bookies
entre la concurrencia° de las demás mesas, a presenciar esto.   crowd

Estudió cuidadosamente la posición de cada bola. Quería
ganar esta otra mesa también, aprovechar la reciente lectura°   reading
del libro de Willie Hoppe[17] y las prácticas de todos aquellos
meses en que había recibido la burla° de sus contricantes.° El   sneering / opponents
año pasado no era más que una chata,° ahora comenzaba la   punk
verdadera vida, la de campeón. Derrotado Gavilán, derrotaría
a Mamerto y al Bimbo . . . "¡Ábranle paso a Puruco!",[18] dirían
los conocedores.° Y él impresionaría a los dueños de billares,°   experts / pool halls
se haría de buenas conexiones.[19]

Sería guardaespaldas° de algunos y amigo íntimo de otros.   bodyguard
Tendría cigarrillos y cerveza gratis. Y mujeres, no chiquillas°   girls
estúpidas que andaban siempre con miedo y que no iban más
allá de algún apretujón en el cine.[20] De ahí, a la fama: el
macho del barrio, el individuo indispensable para cualquier
asunto—la bolita,° el tráfico de narcóticos, la hembra° de Riv-   numbers / chick
erside Drive de paseo por el barrio, la pelea de esta pandilla
con la otra para resolver "cosas de hombres"—.

---

[12] **déjame el pitito:**   stop the whistling
[13] **y...bolas:**   and the balls ran through and clashed again
[14] **Si...hombre:**   Why I have him beat
[15] **que se fue:**   that dropped in
[16] **Él...salón:**   He couldn't stop smiling while going from one corner of the
pool hall to another
[17] **Willie Hoppe** (William Frederick), 1887-1959: famous U.S. billiards
player
[18] **¡Ábranle paso...!:**   Make way for. . .!
[19] **se...conexiones:**   he would make the proper contacts
[20] **que...cine:**   who were always afraid and wouldn't go any further than a
tight squeeze at the movies

Con un pujido° pidió la tres y maldijo. Gavilán estaba °grunt
detrás de él cuando se dio vuelta.[21]

—¡Cuidado con echarme fufú![22] —dijo encrespándose.

Y Gavilán:

—Ay, deja eso.[23]

—No, no me vengah° con eso,[24] *men*. A cuenta que estáh° **vengas / estás**
perdiendo.[25]

Gavilán no respondió. Centró al mingo a través del humo
que le arrugaba las facciones[26] y lo disparó para entronerar° to pocket
dos bolas en bandas° contrarias. cushions

—¿Lo ve? —dijo Puruco, y cruzó los dedos para
salvaguardarse.

—¡Cállate la boca!

Gavilán tiró a banda,[27] tratando de meter la cinco, pero
falló.° Puruco estudió la posición de su bola y se decidió por he missed
la tronera más lejana pero más segura. Mientras centraba, se
dio cuenta de que tendría que descruzar los dedos. Miró a
Gavilán con suspicacia° y cruzó las dos piernas para picar. distrust
Falló el tiro.

Cuando alzó la vista, Gavilán sonreía y se chupaba la encía
superior para escupir su piorrea.[28] Ya no dudó de que era
víctima de un hechizo.

—No relaje,° *men*. Juega limpio. **relajes** tease

Gavilán lo miró extrañado, pisando el cigarrillo dis-
traídamente.

—¿Qué te pasa a ti?

—No —dijo Puruco—, que no sigah° con ese bilongo.[29] **sigas**

—¡Adió![30] —rió Gavilán. Si éhte cree en brujoh.° **brujos**

Llevó el taco atrás de su cintura,° amagó una vez, y entro- waist
neró fácilmente. Volvió a entronerar en la próxima. Y en la
otra. Puruco se puso nervioso. O Gavilán estaba recobrando
su destreza,° o aquel bilongo le empujaba el taco. Si no sacaba dexterity
más ventaja,[31] Gavilán ganaría esta mesa.

---

[21] **se dio vuelta:** he turned around
[22] **¡Cuidado...fufú!:** Watch out, don't try to put a jinx on me!
[23] **deja eso:** stop that
[24] **No...eso:** Don't give me that stuff
[25] **A...perdiendo:** Just because you're getting beat
[26] **que...facciones:** that wrinkled his features
[27] **tiró a banda:** tried to ricochet
[28] **se...piorrea:** (was) sucking his diseased upper gums in order to spit out
pus
[29] **que...bilongo:** cut that spell out
[30] **¡Adió!:** Puerto Rican expression equivalent to *Ah!*
[31] **Si...ventaja:** If he didn't increase his score

Entizó su taco, tocó madera tres veces,[32] y aguardó turno. Gavilán falló su quinto tiro. Entonces Puruco midió distancia. Picó, metiendo la ocho. Hizo una combinación para entronerar la once con la nueve. La nueve se fue luego. Caramboleó la doce a la tronera y falló luego la diez. Gavilán también la falló. Por fin logró Puruco meterla, pero para la trece casi rasga el paño. Sumó mentalmente. No le faltaban más que ocho tantos, de manera que podía calmarse.[33]

Pasó el cigarrillo de la oreja a los labios. Cuando lo encendía de espaldas a la mesa para que el abanico° no apagara el fósforo, vio la sonrisa socarrona° del coime. Se volteó rápidamente y cogió a Gavilán *in fraganti:*[34] los pies levantados del piso mientras el cuerpo se ladeaba sobre la banda para hacer fácil el tiro. Antes de que pudiera hablar, Gavilán había entronerado la bola.

—¡Oye, *men!*

—¿Qué pasa? —dijo Gavilán tranquilamente, ojeando el otro tiro.

—¡No me vengah con eso, chico! Así no me ganah.

Gavilán arqueó una ceja° para mirarlo, y aguzó el hocico[35] mordiendo el interior de la boca.

—¿Qué te duele? —dijo

—No, que así no[36] —abrió los brazos Puruco, casi dándole al coime con el taco. Tiró el cigarrillo violentamente y dijo a los espectadores—: Uhtedeh° lo han vihto,° ¿veldá?°

—¿Vihto qué? —dijo, inmutable, Gavilán.

—Na,° la puercá° esa—chillaba Puruco—. ¿Tú te creh° que yo soy bobo?°

—Adióh, cará[37] —rió Gavilán—. No me pregunteh° a mí, porque a lo mejol° te lo digo.

Puruco dio con el taco sobre una banda de la mesa.

—A mí me tieneh° que jugar limpio. No te conformah° con hacerme cábala primero, sino que dehpueh° te meteh° hacer trampa.[38]

—¿Quién hizo trampa? —dijo Gavilán. Dejó el taco sobre la mesa y se acercó sonriendo a Puruco—. ¿Tú diceh° que yo soy tramposo?°

fan
cunning

eyebrow

Ustedes / visto / verdad

nada / puercada dirty play / **crees** dolt **preguntes**

mejor

tienes / conformas

después / metes

dices

cheater

---

[32] **tocó...veces:** he knocked on wood three times
[33] **No...calmarse:** He only needed eight points so he could relax a bit
[34] *in fraganti:* in the act
[35] **aguzó el hocico:** made a sour look
[36] **qué así no:** that's not the way you do it
[37] **Adióh, cará:** Oh, boy
[38] **No...trampa:** You're not happy plotting against me first, but afterwards you have to play tricks on me

—No —dijo Puruco, cambiando de tono, aniñando la voz, vacilando sobre sus pies—.[39] Pero eh° qui° así no se debe jugar, *men*. Si ti° han vihto.

es / que
te

Gavilán se viró hacia los otros:

—¿Yo he hecho trampa?

Sólo el coime sacudió la cabeza. Los demás no dijeron nada, cambiaron la vista.[40]

—Pero si ehtabah encaramao° en la mesa, *men* —dijo Puruco.

estabas
encaramado lying on top
(he) grasped
soft

Gavilán le empuñó° la camiseta como sin querer,[41] desnudándole la espalda fofa° cuando lo atrajo hacia él.

—A mí nadie me llama tramposo.

En todas las otras mesas se había detenido el juego. Los demás observaban desde lejos. No se oía más que el zumbido del abanico y de las moscas, y la gritería de los chiquillos en la calle.

—¿Tú te creeh qui un pilmemielda° como tú me va llamar a mí tramposo? —dijo Gavilán, forzando sobre el pecho de Puruco el puño que desgarraba° la camiseta—. Te dejo ganar doh° mesitah° pa que tengas de qué echártelah,°[42] y ya te creeh rey.° Echa p'allá, infelih° —dijo entre dientes—. Cuando crehcas° noh° vemo.°

pilemierda good-for-nothing

tore

dos / mesitas / echártelas
king / **infeliz**
crezcas / nos / vemos
shoving / plaster

El empujón° lanzó a Puruco contra la pared de yeso,° donde su espalda se estrelló de plano.[43] El estampido llenó de huecos el silencio.[44] Alguien rió, jijeando. Alguien dijo: "Fanfarrón° que es".

Braggart

—Y lárgate de aquí anteh° que te meta tremenda patá[45] —dijo Gavilán.

antes

—Okey, *men* —tartajeó° Puruco, dejando caer el taco.

(he) mumbled

Salió sin atreverse a alzar la vista, oyendo de nuevo tacazos en las mesas, risitas.° En la calle tuvo ganas de llorar, pero se resistió. Eso era de mujercitas.[46] No le dolía el golpe° recibido: más le dolía lo otro: aquel "cuando crehcas noh vemo". Él era un hombre ya. Si le golpeaban, si lo mataban, que lo hicieran olvidándose de sus dieciséis años. Era un hombre ya. Podía hacer daño,° y también podía sobrevivir a él.

giggles
blow

harm

Cruzó a la otra acera pateando furiosamente una lata de cerveza, las manos pellizcando,° desde dentro de los bolsillos,

pinching

---

[39] **aniñando...pies:** sounding like a child, wavering on his feet
[40] **cambiaron la vista:** they looked away
[41] **como sin querer:** without meaning to
[42] **pa...echártelah:** so that you have something to brag about
[43] **donde...plano:** where his back hit flat against (the wall)
[44] **El...silencio:** The crash filled the silence with reverberation
[45] **lárgate...patá:** get out of here before I kick your butt
[46] **Eso...mujercitas:** That was for sissies

su cuerpo clavado a la cruz de la adolescencia.[47]

Le había dejado ganar dos mesas, decía Gavilán. Embuste. Sabía que las perdería todas con él, de ahora en adelante, con el nuevo campeón. Por eso la brujería, por eso la trampa, por eso el golpe. Ah, pero aquellos tres individuos regarían la noticia de la caída° de Gavilán. Después Mamerto y el Bimbo. Nadie podía detenerlo ahora. El barrio, el mundo entero, iba a ser suyo.

Cuando el aro del barril se le enredó entre las piernas,[48] lo pateó a un lado. Le dio un manotazo al chiquillo[49] que venía a recogerlo.

—Cuidao,° *men*, que te parto un ojo[50] —dijo iracundo.°

Y siguió andando, sin preocuparse de la madre que le maldecía y corría hacia el chiquillo lloroso.° Con los labios apretados,° respiraba hondo.° A su paso, veía caer serpentinas y llover vítores[51] de las ventanas desiertas y cerradas.

Era un campeón. Iba alerta sólo al daño.[52]

Pedro Juan Soto

▶ Practiquemos el vocabulario

Escoja el vocablo apropido.

1. espectadores / contrincantes / coimes
   Puruco y Gavilán era _____ .

2. mingo / coime / bilongo
   La persona que trabajaba en el billar era el _____ .

3. tiro / bigote / taco
   Puruco tenía el _____ en la mano.

4. palabrotas / hazañas / peleas
   Cuando Gavilán perdió la primera mesa, dijo muchas _____ .

---

[47] **su...adolescencia:** suffering the pains of adolescence
[48] **el...piernas:** the ring of the barrel got entangled between his legs
[49] **Le...chiquillo:** He slapped the boy
[50] **que...ojo:** I'll beat you up
[51] **veía...vítores:** he could see confetti falling and cheers pouring (forth)
[52] **Iba...daño:** He was ready to inflict harm

5. piña / pandilla / brujería
   El coime desenganchó el triángulo e hizo la _____ .

6. oblicua / envaselinada / barrosa
   Puruco tenía la mirada _____ .

7. suspicacia / destreza / serpentinas
   Puruco miró a Gavilán con _____ .

8. abanico / bilongo / pujido
   No dudo que el fue víctima de un _____ .

9. boliteros / tacos / guardaespaldas
   El presidente tiene muchos _____ .

10. bando / acera / tanda
    Los espectadores tuvieron que esperar hasta la próxima _____ .

▶ Preguntas

1. ¿Dónde tiene lugar el cuento?
2. ¿Puede Ud. describir el aspecto físico de Puruco?
3. ¿Quién es Gavilán?
4. ¿Dónde había estado Gavilán por largo tiempo?
5. ¿Quién era el coime en el cuento de Pedro Juan Soto?
6. ¿Cuánto costaba jugar un partido de billar?
7. ¿Qué clase de libro había leído Puruco?
8. ¿Quiénes eran Mamerto y el Bimbo? Explique.
9. ¿Cuáles eran las ambiciones de Puruco si lograba ser campeón?
10. ¿Le hizo trampa Gavilán a Puruco? ¿Por qué?
11. ¿Por qué no quiso seguir jugando Puruco?
12. ¿Qué le hizo Gavilán a Puruco, después que éste se negó a jugar?
13. ¿Por qué no lloró Puruco? ¿Por miedo o por valor?
14. ¿Por qué pensaba Puruco que él era un hombre ya?
15. ¿A quién y por qué le pegó Puruco cuando salió del salón de billar?

▶ Preguntas personales

1. ¿Por qué cree Ud. que Gavilán era tan famoso?
2. ¿Cree Ud. que los espectadores le tenían miedo a Gavilán? Explique.

3. ¿Piensa Ud. que Puruco era mejor jugador que Gavilán?
4. ¿Le parece a Ud. que Puruco y Gavilán eran personas superticiosas?
5. ¿Cree Ud. que Puruco y Gavilán actúan en una forma que no es apropiada? ¿Por qué?
6. ¿Qué haría Ud. para ayudar a personas como Puruco y Gavilán?
7. ¿Cuál es el significado de la frase, "Iba alerta sólo al daño"?
8. ¿Cree Ud. que los personajes están bien desarrollados? Diga por qué.

▶ Composición dirigida

Escriba Ud. una composición tocante al tema de la delincuencia juvenil como si Ud. hubiera sido víctima de ella.

Título: La delincuencia juvenil

I. *Introducción*
Defina lo que es un delincuente juvenil

II. *Desarrollo*
A. Las causas que contribuyen a la delincuencia juvenil
1. la pobreza
2. el medio ambiente
3. la economía
4. la falta de educación
5. la falta de estímulo personal
B. Lo que cree Ud. que evita la delincuencia juvenil más que nada.

III. *Conclusión*
Exponga sus puntos de vista sobre:
A. ¿Cómo se podría resolver el problema de la delincuencia juvenil?
B. ¿Qué proyectos se podrían presentar?
C. ¿Cuáles serían los obstáculos?
D. ¿Cómo se podrían llevar a cabo?

Modismos comunes y expresiones útiles

Vocabulario

Modismos comunes y expresiones útiles

a base de   based on
a eso de   about, around (*referring to time*)
a fin de cuentas   in the final analysis
a fines de   at (by) the end of
ahorita mismo   right now; right this very moment
a la vez   at the same time
a lo lejos   in the distance
a lo mejor   maybe, perhaps, very likely
a menos que   unless
a menudo   often
a pesar de   in spite of
a plenitud   amply
a propósito   by the way
a punto de   about to, on the point of
a toda prisa   in a hurry
a través de   across, through
a veces   at times
a ver   let's see
acabar de (+ inf.)   to have just
acerca de   about, concerning
actualmente   at the present time
al cabo de   at the end of
al fin   finally
al parecer   apparently
al rato   after a while, in a while
alzar la vista   to look up
andar por esos mundos   to wander around
así que   in this manner, so, thus

cada vez más   more and more
claro   of course
¡cómo no!   of course! how else?
como si   as if; as though
con cuidado   carefully
con el pie en el estribo   with one foot already in the stirrup (from the prologue of *Persiles y Sigismunda* by Cervantes)
con prisa   in a hurry
con razón   no wonder; right or wrong, rightly so
cursar sus estudios   to study

dar fin   to finish
dar ganas   to feel like
darle miedo a uno   to be afraid
darse cuenta de   to realize
dar vuelta   to go around; to turn
de acuerdo con   in accordance with
de ahí en adelante   from then on

de ahora en adelante   from now on
de costumbre   as usual; usually
dejar de (+ inf.)   to cease or stop
de momento   for the moment, for the time being
dentro de poco   soon
de nuestros días   in our day and age; of our time
de otra parte   on the other hand; otherwise
de pronto   suddenly
de repente   suddenly
desde hace   since
después de realizar   after finishing
de todas maneras   anyway, at any rate
de veras   really
de vez en cuando   from time to time
Doctorado en Filosofía y Letras   Ph.D. degree

echar de menos   to miss someone
echarse a reír   to start laughing
en adelante   from now on, in the future
en aquel entonces   at that time
en la actualidad   at present, at the present time
en lugar de   instead of
en ninguna parte   nowhere
en punto   on the dot, sharp (*referring to time*)
en seguida   immediately
en sí mismo   about her/himself
eso es   that's it; that's right

fuera de moda   out of style, unfashionable

hacer bien   to do well; to make a wise decision
hacer falta   to be lacking, missing
hacer figurar   to make one standout
hacer gracia   to amuse; to please
hacer sus estudios   to study
he aquí   here is
hoy día   nowadays

junto a   next to

lástima que...   what a pity . . .
lo que   what; which, that which

llevar a cabo   to accomplish; to carry out
llevar por título   to be entitled (*e.g.*, a book)
llevarse bien   to get along

más tarde   later

nada de nada   anything,
nombre de pila   Christian or first name

para servirle   at your service
pese a   in spite of
poco a poco   little by little
por...   because of . . .
por eso   for that reason
por fin   finally
por lo menos   at least
por supuesto   of course

¿qué hay?   what's happening?
¿qué hubo?   what's up?
¿qué pasa?   what's the matter? what's up?
que si   as if, as though

rumbo a   headed for

sin duda alguna   without any doubt
sin embargo   nevertheless

tarde o temprano   sooner or later
tener cuidado   to be careful
tener en cuenta   to bear in mind
tener éxito   to be successful
tener ganas   to feel like; to wish
tener lugar   to take place
tener miedo   to be afraid
tener razón   to be right
tener suerte   to be lucky
tocante a   about, concerning
todo el mundo   everybody, everyone
tras emprender   after beginning or
   undertaking
tratarse de   to be a matter of

un sin número   a great many

valer la pena   to be worthwhile
ver la luz   to be published

ya que   since

Vocabulario

Omitted from the *Vocabulario* are: (1) words presumably already a part of the student's lexicon at the intermediate level; (2) cognates; (3) additional definitions that do not apply to the word's use in the context of the story; (4) adverbs ending in *-mente* and superlatives ending in *-ísimo* when the corresponding adjectives are listed.

Gender of nouns has not been indicated for masculine nouns ending in *-o* and for feminine nouns ending in *-a*, *-ad*, and *-ión*.

The following abbreviations are used:

adj.	adjective
adv.	adverb
aug.	augmentative
C.	Cuban
Ch.	Chicano
conj.	conjunction
dim.	diminutive
f.	feminine
inter.	interjection
m.	masculine
n.	noun
p.p.	past participle
prep.	preposition
P.R.	Puerto Rican
pron.	pronoun
vulg.	vulgarity

abajarse (*Ch.*)   to step down
abajo (*adv.*)   down with
abanicar   to fan; to wave
abanico   fan
abarcar   to encompass
abeja   bee
abeto   spruce
abierto (*p.p. and adj.*)   clear (e.g., skies)
abogado, -a   lawyer
abollado (*p.p. and adj.*)   dented
abolladura   dent
abordar   to approach
abovedado (*p.p. and adj.*)   arched
abrochar   to fasten
absorto (*p.p. and adj.*)   engrossed
abuela   grandmother
abuelo   grandfather
aburrido (*p.p. and adj.*)   bored
acabarse   to be or to run out of; to destroy; to finish
acariciar   to caress
acarrear   to carry
acaso (*adv.*)   by chance
acceder   to agree, to consent
acechar   to lie in ambush for; to push
acentuar   to accentuate; to worsen; to grow
acera   sidewalk
acercarse   to approach, to draw near (to)
acero   steel
acicalarse   to dress; to make oneself up
acicate (*m.*)   inducement
aclararse   to clear up
aconsejar   to advise, to counsel
acordarse   to remember
acorralado (*p.p. and adj.*)   corralled
acrecer   to advance; to increase
acróstico   verse in which one or more letters, when taken in order, form a word or words
acuciado (*p.p. and adj.*)   urged
adelantar   to advance
adelanto   advance; improvement
ademán (*m.*)   gesture
además (*adv.*)   in addition
adentrar   to penetrate
adentros   insides, inner parts
adeudar   to owe
adióh (*P.R.*)   a Puerto Rican expression whose meaning depends on the context in which it is used (e.g., ah)
adivinar   to guess
administración   administering (e.g., medicine)
adoquín (*m.*)   paving block

advenimiento   arrival
advertir   to advise; to observe; to take notice of; to warn
afán (*m.*)   work
afanarse   to toil
afeite (*m.*)   makeup
afición   fondness
afortunado   fortunate
afrontar   to confront
agarrar   to grasp, to hold on to; to seize
agasajar   to receive and treat kindly
agitar   to wave
agotado (*p.p. and adj.*)   exhausted
agotar   to exhaust
agradecimiento   appreciation
agregar   to add
aguacero   downpour
agua de lluvia   rain water
aguantar   to endure; to resist
aguar   to fill with water; to water
aguardar   to await
agudo   intense; sharp
aguinaldo   carol
aguja   needle
agujereado (*p.p. and adj.*)   leaky; perforated
agujero   hole
aguzar   to sharpen
ahogar   to choke; to drown
ahorrar   to save; to spare
airado (*p.p. and adj.*)   angry
ajá (*inter.*)   yes
ajeno   foreign; strange
ala   brim (of a hat); wing
alambre (*m.*)   wire
alcanzar   to reach
alegrarse   to be glad of; to rejoice at
alegría   joy
alejarse   to draw or to move away; to remove to a distance
alelado (*p.p. and adj.*)   dull
alelarse   to become stupefied
alentar   to inspire
alergia   allergy
alfilerazo   pinprick
algarrobo   carob tree
algodón (*m.*)   cotton
alimento   food
alisarse   to smooth
aliviarse   to end pregnancy by giving birth; to get well
alivio   relief
alma   soul
alocado   crazy
alondra   lark

alrededor around
alumbramiento birth; childbirth
alzar to gather, to pick up; to raise
allegar to approach
amagar to feign
amago threat
amanecer (*m.*) dawn
amante (*m. and f.*) lover
amar to love
amargado (*p.p. and adj.*) embittered
amarrar to secure; to tie
ambiente (*m.*) environment
ambos (*adj. and pron.*) both
amenaza threat
amenazar to threaten
amor (*m.*) love
ancla anchor
ancho broad, wide
anchura width
andanza wandering
andar to go, to walk; to run (e.g., a car)
angustia pain
anillo ring
animar to encourage
aniñarse to become childish
anochecer to grow dark
anonadado (*p.p. and adj.*) baffled
ansia anxiety, eagerness; longing
ante (*prep.*) before; in the presence of
antecedentes (*m.*) background
antiguo former
apá (*Ch.*) dad
apacible gentle; peaceful
apaciguar to calm down
apagar to extinguish; to turn off (e.g., lights)
apagarse to die out, to go out (e.g., a fire)
aparentar to feign, to pretend
apasionamiento passion
apearse to get down from, to get out of (e.g., a car)
apenas (*adv.*) barely; scarcely
apodar to nickname
apoderar to take hold or possession of
apodo nickname
apostar to bet
apoyar to support
apoyo support
apresar to capture; to seize
apresurarse to hasten, to hurry up
apretado (*p.p. and adj.*) tight
apretar to clench; to grip; to squeeze
apretujón (*m.*) tight squeeze
aprovechado (*p.p. and adj.*) advanced; bully-

like, viciously aggressive
aprovechar to make use of; to take advantage of
aproximar to get near
apuntar to count; to jot down, to note, to point
apurarse to fret, to worry; to hurry
aquilatar to evaluate, to examine closely
arado (*p.p. and adj.*) plowed
araña spider
arañar to scratch
arar to plow
arco violin bow
ardoroso feverish
arencas de agua (*P.R.*) herring
armario wardrobe, closet
aro ring
arpón (*m.*) harpoon
arquear to arch
arrabal (*m.*) slum
arrancar to start (e.g., a car); to root out; to tear out
arrastrar to drag
arreciar to grow stronger
arredrar to become frightened
arreglar to fix
arriesgarse to dare
arrimao (*P.R.*) squatter
arrimarse to get close (to), to go near (to)
arrojar to hurl
arroz (*m.*) rice
arruga wrinkle
arrugar to wrinkle
asa handle
asaltar to overcome; to surprise
ascua red hot
asentar to adjust
asegurar to assure
así (*adv.*) in this manner; so
asignatura (*Ch.*) assignment; subject of study
asistir to attend
asomarse to lean over; to peep
asombrado (*p.p. and adj.*) astonished
asombrar to amaze, to astonish; to frighten
asombro amazement; fear
astucia cleverness, slyness
asustado (*p.p. and adj.*) frightened, scared
atado (*p.p. and adj.*) tied
atajar to stop
atardecer to grow late
ataúd (*m.*) coffin
aterrizar to land (e.g., an airplane)
atisbar to watch

atónito astounded
atornillado (*p.p. and adj.*) fixed; glued
atracarse to stuff oneself
atraco robbery
atraer to attract; to bring
atrancado (*p.p. and adj.*) locked; trapped
atrapado (*p.p. and adj.*) trapped
atrapillar (*P.R.*) to clip
atrasado (*p.p. and adj.*) backward
atreverse to dare; to venture
atronador thundering
aturdido (*p.p. and adj.*) dazed
aullar to howl
aullido (*n.*) howling
aumentar to increase
ausencia absence
auspiciar to sponsor
avapenes (*P.R., m.*) breadfruit
aventurar to hazard, to risk
averiguar to find out
avisar to inform
avispao (*C., P.R., adj.*) clever
ayuda help
ayudar to help
azafata stewardess
azotea flat roof; roof
azufre (*m.*) sulphur

baboso (*Ch.*) slob, slobbering idiot
bacalao codfish
bachillerato B. A. degree
bajar to come or go down, to descend
bajo low; short; soft
bala bullet
balumba uproar
bambúa bamboo pole
banco bench
banda cushion
bandeja tray
bandejota (*aug.*) large tray
bandera flag
bando side
bandolero bandit, robber
bañera bathtub
baño bathroom; restroom
baraja playing cards
barbacoa barbecue
barbilla (*dim.*) chin; point of chin
barco boat, ship
barullo racket, uproar
barrer to sweep
barrio neighborhood, especially in reference
  to Chicanos; village
barroso pimpled; reddish

bastidor (*m.*) stage wing
batutear (*C., P.R.*) to twirl
batatita (*P.R., adj.*) dumb, stupid
bayo bay (reddish-brown horse)
bendición blessing
bendito (*P.R.*) a Puerto Rican expression
  that has various meanings depending on
  context and usage (e.g., by God)
bestia animal
bienestar social social welfare
bilongo spell, witchcraft
billar (*m.*) pool hall
bisbiseo muttering
bizcocho (*P.R.*) cake
bobería foolishness
bobo dolt, simpleton
bodega granary; grocery store
bodeguero retail grocer
bohío (*C.*) thatched hut
bola (*Ch.*) bunch
bolillada (*Ch.*) hordes of Anglos
bolillo (*Ch.*) Anglos
bolita (*C., P.R.*) numbers' game
bolitero (*C., P.R.*) bookie
bolsa bag
bolsillo (*dim.*) pocket
bombero fireman
bombón (*m.*) candy
bondadoso kind
boquete (*m.*) gap
borde (*m.*) edge
borrachera drunkenness
borracho (*adj.*) drunk
borrar to erase
bosque (*m.*) forest
bosquejo outline
bote (*m.*) boat
bote indio (*C.*) canoe
botella bottle
botica drug store
bracero (*Ch.*) laborer of Mexican origin;
  Mexican migrant worker in U.S. (term
  derives from Bracero Program between
  U.S. and Mexico that was terminated in
  1964)
bramido bellow
brazo arm
brida bridle
brillante (*m.*) diamond
brillar to shine
brillo brilliance; lustre; splendor
brincar to jump, to leap
brindar to bring
broma joke; prank

brujería witchcraft
brujo sorcerer
bucayo (*P.R.*) native Puerto Rican tree
buche (*m.*) belly
bufanda scarf
bullir to mill about, to throng
burla mockery, sneering
burlar to evade; to mock; to penetrate
burlón mocking
buscar to fetch; to look for

cábala plot
caballero gentleman
cabaña cabin
cabizbajo crestfallen; with head bent down
cabritilla (*dim.*) kidskin
cabrito (*dim.*) kid, young goat
cabrituno goat-like
caduco old
caer to fall
caer (*C., Ch., P.R.*) to receive (e.g., a letter)
caída downfall
caja box; coffin
cajón (*m.*) box, chest, crate
calabaza pumpkin
calabozo dungeon
calar to put on, to try on
calentar to heat; to warm up
caluroso hot, warm; heated
calvo bald
calzado accentuating
calzonazos softy
callado (*p.p. and adj.*) quiet
callejero loitering, rambling
callejón (*m.*) alley, lane
camarera waitress
camarero waiter
cambiar to exchange
camino road
camión (*Ch.*) bus
camión truck
camionero truckdriver
camioneta pickup truck; truck
camiseta undershirt
campana bell
campanada stroke of a bell
campesino, -a peasant
campo countryside; field
canal (*Ch., m.*) grave
canciller chancellor
cansino worn out by work (referring to animals)
cantar (*m.*) crowing (e.g., rooster)
cantidad (*f.*) quantity

cantina bar
caño (*P.R.*) canal in a tidal swamp
capacete (*Ch., m.*) hood (e.g., of a car)
capataz (*m.*) foreman
capota hood; top of a car
capricho capriccio (music)
caracol (*m.*) snail
caracolitos (*C.*) curls
¡caramba! damn! gracious!
carambolear to make a carom (billiards)
caramelo (*C.*) candy
carcanchita (*Ch.*) jalopy; usually spelled *carcachita* from *carcacha*
cárcel (*f.*) jail
carga burden; load
cargamento load, shipment
cargo position, job; responsibility
caribeño Caribbean
caricia caress
cariño fondness
cariñoso fond
carterón (*C., P.R., m.*) purse
cartón (*m.*) cardboard
carrera career; race
carrete spool
carretera highway
carretón (*m.*) cart
casamiento marriage
casarse to get married
casucha miserable hut
catarata waterfall
cátedra (professorial) chair, tenure
cauteloso cautious
cavernoso low-pitched
cavilación speculation
cavilar to ponder
cazuela pot; stewing pan
ceder to yield to
cedro cedar (tree)
ceja eyebrow; summit
célebre famous
celoso jealous
cenizoso ashy
centenares (*m.*) hundreds
ceñido (*p.p. and adj.*) tight
cerca (*n.*) fence
cerca (*adv.*) close by, near
cercado (*p.p. and adj.*) fenced in
cercano near; neighboring
cerciorarse to find out; to make sure
cerdo hog
cerveza beer
cerrado (*p.p. and adj.*) close-minded; dense
cerrar to close; to lock up

cerro heap; hill, peak
cese (*m.*) ceasing
cesto basket
cetrino yellowish
cielo sky
cima peak, summit
cintura waist
cinturón (*m.*) belt
circundante surrounding
circundar to surround
circunspecto cautious
cirio long wax candle
cita appointment; summons
citar to cite
ciudadanía citizenship
ciudadano, -a citizen
clamar to shout
clavado (*p.p. and adj.*) nailed
clavar to nail
clavo nail
cobardía cowardice
cobrar to claim; to collect; to recover
cocido (*p.p. and adj.*) cooked
codo elbow
coger to catch; to take hold of
cogitar (*m.*) reflection
cohete (*m.*) firecracker
coime (*m.*) scorekeeper in billiards
cola tail
colar (*C., P.R.*) to make coffee
colchón (*m.*) mattress
cólera anger
colgado (*p.p. and adj.*) hanging
colgar to hang
colmado (*P.R.*) grocery store
colmillo canine tooth
colocar to place
colonia (*C.*) sugar plantation
colono (*C.*) sugar farmer
comadrona midwife
comarca town
comarcano neighboring
comba curvature
comedido (*p.p. and adj.*) polite
comején (*m.*) termite
comienzo (*n.*) beginning
como (*adv.*) about
compadecer to pity
compañero, -a classmate; companion; pal
compartir to share
complacer to please
complacido (*p.p. and adj.*) pleased
comportamiento behavior
comprensivo (*adj.*) understanding
comprimido pill

comprobar to confirm; to verify
comprometer to compromise; to engage
compungido (*p.p. and adj.*) distressed, repentant; sorrowful
concurrencia competition
concurrente (*m.*) one who is present
concurrentes (*m.*) crowd
condado county
conducir to guide
confiado confident
confiar (en) to trust
confundido (*p.p. and adj.*) confused; mixed in
conmiseración pity
conmovedor (*adj.*) moving, touching
conmovido (*p.p. and adj.*) touched
conocedor, -a expert
conocido (*p.p. and adj.*) known
conque (*conj.*) so
conseguir to find
consejero, -a marriage counselor
conserva (*n.*) canned good, preserve
conservar to preserve
conservar (*m.*) preservation
consumo consumption
contar to talk about; to relate
contentarse to be contented; to become reconciled
contingencia trouble
contonearse to strut
contorno contour; surrounding
contrariedad trouble
contratista (*Ch.*) labor contractor
contrincante (*m.*) opponent
copita (*dim.*) small glass (e.g., of wine)
copla popular song
coqueta flirtatious
coquí (*P.R.*) small frog
coraje (*m.*) anger; courage
corbata necktie
cordel (*m.*) agrarian measure used in Cuba
cordón (*m.*) cord
cordura prudence
coro choir
coronilla (*dim.*) top of one's head
cortar to cut
corredor (*m.*) hallway
corrida consecutive
corrido (*Ch.*) ballad, of Spanish origin; folkloric song that depicts the deeds of an individual
cosecha crop, harvesting
costal (*m.*) sack (e.g., of cotton)
costar to cost
costoso expensive

costumbrismo a kind of writing that stresses a realistic description of customs, characters, and manners

costumbrista (*m. and f.*) a writer who espouses or reflects the customs of his time in his writings

coterráneo, -a countryman (-woman)

coyote (*Ch., m.*) a Chicano who exploits his own people

crecer to grow; to increase

criminalista (*m. and f.*) criminal lawyer

cuadrado square

cuajarse to become filled with; to materialize

cualquiera (*pron.*) anyone; a nobody

cubierto (*p.p. and adj.*) covered

cubrir to cover

cucaracha cockroach

cuello neck

cuento (*C., Ch., P.R.*) excuse; gossip; short story

cuerda cord, rope; (instrument) string

cuerdo responsible, sensible

cuerno horn

cuesta slope

cuidado care, caution

culpa fault

cundir to spread

cuñado brother-in-law

cursar to study

cutis (*m. and f.*) skin

chancla shoe

chanclo sandal

chaparro (*adj.*) squatty

chaquetear to betray a party or side

chasquear to clash

chata (*P.R., m., f.*) punk

chiche (*vulg., Ch., P.R.*) (female) breast

chichonudo fat

chilla (*P.R.*) tramp

chillar to scream

chingada (*vulg., Ch., adj.*) derives from *chingar* whose connotations range from *to copulate* to *to deceive*, etc., depending on context or expression in which it is used; *also noun*

¡chingado! (*vulg., Ch.*) hell!

chiquilla (*dim.*) girl

chiquillo (*dim.*) boy

chismosa (*C.*) oil lamp

chispear to sparkle

chisporroteo sputtering sparks

chiste (*m.*) jest, joke

chivo goat

chocita (*dim.*) little hut, shanty

choque (*Ch.*) shock; handshake

chorro stream (e.g., of tears)

choza hut, shanty

chupar to draw; to suck

chupasangre (*m. and f.*) blood-sucker

dádiva gift

daño harm

dar to hit; to serve

deber to owe

debilidad weakness

dedo finger

dejar to leave; to permit

delatar to betray; to denounce; to give away, to reveal

deleitarse to enjoy oneself

deleite (*m.*) delight, pleasure

delicadeza kindness

delicia delight

demandar to ask

demasiado (*adj. and adv.*) excessively; too

deportivo sporting

derecho (*adj. and adv.*) right; straight

derramar to spill

derribar to knock down

derrotar to defeat; to shift (e.g., views)

desafiante daring

desaforado (*p.p. and adj.*) disorderly; impudent

desamparo isolation

desangrar to bleed profusely

desapercibido (*p.p. and adj.*) unnoticed

desarrollado (*p.p. and adj.*) developed

desarrollar to develop

desarrollo development

desasosiego restlessness, uneasiness

desatar to untie

desbandada disbandment

desbaratarse to fall to pieces; to destroy itself

descarado (*n.*) scoundrel

descarado (*p.p. and adj.*) shameless

descarnado (*p.p. and adj.*) bare; cleared of flesh

descaro impudence; "nerve"

descender to get off

descocado (*p.p. and adj.*) bold

descomponerse to let oneself go

desconfianza distrust

desconocido (*p.p. and adj.*) unknown

desconsiderado (*p.p. and adj.*) inconsiderate

desconsolado (*p.p. and adj.*) sad

descoser to rip

descruzar to uncross

descubrir to discover; to expose
descuidarse to neglect
descuido negligence
desdeñar to scorn
desdeñoso disdainful
desdichado unfortunate
desempeñar to carry out; to fulfill
desenganchar to unhook
desenlace (*m.*) denouement; outcome
desfile (*m.*) filing out; marching; parade
desgajar to tear off
desgajarse to tear; to be torn off; to fall off
desgarrar to tear; to tear oneself away
desgraciado (*adj.*) unfortunate
desgraciado, -a unfortunate person
desgranar to scatter
desinquieto restless
deslizar to slide; to slip
desnucarse to break one's neck
desnudo bare; nude
desocupado (*p.p. and adj.*) empty (e.g., seat)
desocuparse to finish with (e.g., customers)
desorden (*m.*) disarray
despabilarse to awaken
desparpajo pertness of manner
despedirse to say goodbye
despegar to detach
despeinado (*p.p. and adj.*) uncombed, unkempt
despejar to be relieved of pain; to feel better
desperdiciar to waste
despertar(se) to wake up (oneself)
desplomarse to collapse, to topple over
despojar to deprive; to strip
destacarse to distinguish oneself, to standout
destino destination
destreza dexterity, skill
destruir to destroy
desventaja disadvantage
desviar to deviate; to switch (e.g., attention)
detenerse to detain; to hold back, to tarry
detenido (*p.p. and adj.*) careful
determinado (*p.p. and adj.*) determined; fixed
deudo relative
diario newspaper
diáspora dispersion; exile
dibujarse to draw; to show
dibujo sketch
dicho proverb, saying; witty remark
dicho (*p.p. and adj.*) said
diestra right hand

digitación fingering of a stringed instrument
diluirse to disappear
director, -a principal
dirigirse to direct; to look
discípulo pupil
diseño design; sketch
disfrutar to benefit from; to enjoy
disimulado (*p.p. and adj.*) sly
disimulo disguise
disminuir to decrease, to diminish
disparar to discharge, to fire
disparo discharge; round, shot
disponer to begin; to prepare
distraerse to amuse or enjoy oneself
doctorarse to obtain a doctoral degree
doliente aching; sick; sorrowful
doliente (*m. and f.*) mourner
dolorido afflicted; grieving
doloroso (*adj.*) painful
don (*m.*) ability, knack
Don title of respect used only before Christian name (e.g., Don Juan)
doquier anywhere; wherever
dubitar to doubt
duda doubt
dueño, -a owner
dulce (*m.*) piece of candy
dulzón sweetish; very sweet
durar to last
durmiente (*m. and f.*) sleeper
duro difficult; hard

echarse (*Ch.*) to drink (e.g., beer)
echarse (a) to begin to
edad (*f.*) age
edificio building
editorialista (*m. and f.*) editorial writer
ejercer to practice (a profession)
ejército army
elogio praise
embajada embassy
embarazo pregnancy
embarazoso embarrassing
embargar to take possession of
embobado (*p.p. and adj.*) amused; astonished
embrollar to complicate things
embrutecer to stupefy
embuste (*m.*) lie; trick
emisora radio station
empacar to pack
empapado (*p.p. and adj.*) covered, drenched, saturated, soaked
empecinarse to be determined

empeñarse (en) to bind oneself (to); to persist (in)
empeño pledge; quest
empezar to begin
empleado, -a employee
emplear to employ
empleo employment
emprender to undertake
empresario, -a impresario; manager
empujón (*m.*) push, shove
empuñar to grasp, to grip
enamorado (*p.p. and adj.*) in love
encaje (*m.*) lace
encaramado (*p.p. and adj.*) lying on top of (e.g., a table)
encargo errand
encarnecer to get fierce
encarnizado (*p.p. and adj.*) cruel, pitiless
encarrilar to guide
encender to light up; to start a car
encerrado (*p.p. and adj.*) locked up
encía gum (*referring to the mouth*)
encima on top of
enclavado (*p.p. and adj.*) embedded
encontrarse to feel (*referring to health*)
encreparse to be agitated; to become full of rage
endulzar to sweeten
endurecido (*p.p. and adj.*) hardened
enfermedad illness
enfermera nurse
enfilado (*p.p. and adj.*) lined up
engañar to deceive
engañito (*dim., P.R.*) small gift
engaño deception
engordar to bring, to engender
engruesamiento burden; roughness
engullir to gobble (up)
enjaezar to harness
enjuto lean, skinny
enlazar to become one; to join
enloquecer to drive insane
enmarañar to camouflage
enojarse to get angry, to get mad
enredar to get entangled
enredijo entanglement; mess
enrojecer to turn red
enrollarse to roll up
ensabanar to cover; to wrap up in sheets
ensancharse to extend, to widen
ensañado (*p.p. and adj.*) cruel, merciless
ensañar to be merciless
ensayo essay
enseñanza teaching
ensillar to saddle

ensombrecerse to get cloudy
ensoñación daydream
ensordecedor deafening
entablar to start, to strike up (e.g., a conversation)
enterrado (*p.p. and adj.*) buried
entizar to chalk (*billiards*)
entonar to sing
entrada admission
entrante next
entrecortado (*p.p. and adj.*) halting
entregar to hand over
entrelazar to entwine; to interweave
entremezclado (*p.p. and adj.*) mixed
entrenamiento training
entrepierna groin
entretener(se) to amuse, to entertain (oneself)
entrevista interview
entrevistado, -a interviewee
entrevistar to interview
entristecer to sadden
entronerar to pocket (*billiards*)
envaselinado (*p.p. and adj.*) full of petroleum jelly, greased
envolver to wrap up
erizar to bristle
escampar to stop raining
escarcha frost
escasear to diminish
escoba broom
escoger to choose
esconder to conceal, to hide
escondido (*p.p. and adj.*) hidden
escondite (*m.*) hideaway
escritorio desk; office
escupir to spit
escusado (*Ch.*) outhouse, restroom, toilet
esfuerzo effort
esguince (*m.*) frown
esmero painstaking care
espalda back
espantado (*p.p. and adj.*) frightened
espantoso frightful
especie (*f.*) species
esperanza hope
esperar to expect (a child); to wait
espeso thick
espiga tassel (e.g., of corn)
espumoso foamy
esquina corner
establecimiento establishment; store
estallar to burst; to explode
estallido explosion
estampa image; vignette

estampido crash
estante (*m.*) bookshelf
estimar to esteem; to estimate; to judge
estímulo drive, motivation
estorbo nuisance
estrechar to stretch
estrecho narrow; tight
estrella star
estrellar to crash
estremecer to shake, to tremble
estribo stirrup
estruendo noise
estufa stove
estupefacto stupefied
etapa portion; stage
exigir to demand
éxito success
explicar(se) to explain (oneself)
exteriorizarse to make manifest
extrañar to find strange

facción (facial) feature
factoría (*C., Ch., P.R.*) factory
factura bill
facultativo physician
faena task
falda skirt
falta lack, shortage
faltar to be lacking or missing something or someone
fallar to fail; to miss
fallecer to die
fallecido (*p.p. and adj.*) dead; died
fallecido, -a the deceased one
familiar (*m.*) kindred, relative
fanfarrón (*m.*) braggart
fango mire, mud
fantasioso conceited, vain
fantasma (*m.*) ghost
fantasmagórico unbelievable
farol (*m.*) lantern
fastidiar to annoy, to frustrate; to sicken
fatuo stupid
fecha date
felicidad happiness
felicitar to congratulate
feo bad; improper; ugly
feria fair
fiar to sell on credit
fiarse to depend on, to trust
fideos (*Ch.*) vermicelli (thin noodles popular with Chicano families)
fiestecita (*dim.*) small party
fijarse to pay attention to; to take notice of

fijo firm, fixed; intense
fil (*Ch., m.*) field (e.g., of lettuce)
fila row
filo cutting edge
firmar to sign
flaco skinny
fleco tiny piece
flojo gentle; loose; slow; weak
florecer to sprout
fofo soft
fondo rear (part); bottom; depth
fondos funds, money
forcejar to struggle
fornido husky, robust
forzoso necessary, unavoidable
fósforo match
fracasado (*p.p. and adj.*) failed
fracasado (*n.*) failure
fracaso failure
franfura (*P.R.*) hot dog
frenético frantic
frente (*f.*) forehead
fresa strawberry
fronda foliage
frontera state line, boundary
frotar to rub
fuego fire
fuera outside
fufú (*P.R.*) jinx
fuga escape
funcionamiento function
fundador, -a founder
fúnebre funereal, mournful

gabán (*m.*) overcoat
gallo rooster
gana desire
ganador, -a winner
gandul (*m.*) loafer
ganga (*P.R.*) gang
garboso graceful
garganta throat
garra claw of a wild beast
garraleta (*Ch.*) jalopy
gasa gauze
gastado (*p.p. and adj.*) worn out
gastar to use
gasto expense
gatear to crawl
gaveta drawer
gemido (*p.p. and n.*) moaning
gemir to moan
género gender, genre
gentil gracious

gentío crowd
gestión preparation, step
girar to revolve around
golpe (*m.*) blow
golpear to beat up
gordo fat
gota drop (e.g., of water)
gotear to drop, to drip; to spill
gozar to enjoy; to have possession of; to rape
grado degree
grandote (*aug.*) very big
grano grain
grasa grease
grasiento greasy
gratis free, free of charge
grato pleasant
graznido hooting
greña entangled branch
gringo Anglo
gris gray
gritar to cry out, to shout
gritería shouting
griterío uproar
grito cheer; cry; scream; shout
grueso thick
gruñir to growl
guagua (*C., P.R.*) bus
guanábana (*C., P.R.*) soursop
guante (*m.*) glove
guapo handsome; (*C.*) courageous
guarapillo (*P.R.*) broth
guardaespalda (*m.*) bodyguard
guardar to keep, to store
guarida shelter
guerra war
gusto pleasure

habichuelas (*P.R.*) kidney beans
habitación dwelling; residence; room
habitar to live
hacha axe
halagar to coax; to flatter
hallar to find
hambriado (*Ch.*) hungry
hazaña exploit, feat
hechizo spell
hecho (*p.p. and adj.*) made
hecho (*n.*) event
hembra young girl, "chick"
herido (*p.p. and adj.*) wounded
hervir to boil
herramienta implement; set of tools; tool
hielo ice

hierático solemn
higo fig
hilo thread
hocico snout
hogareño homelike
hoja blade (e.g., razor)
hombría manhood
hombro shoulder
hondo deep; low
hueco gap; hole; hollow; peephole
huelga strike; work stoppage
huella trace, trail
hueso bone
huevo egg
huevón (*vulg., Ch.*) bum, good-for-nothing
huirse to elope; to run away; to go AWOL
humeante steaming
humedecer to dampen
humedecido (*p.p. and adj.*) watery
hundir to sink
husmear to smell, to sniff

ido (*p.p. and adj.*) passed
incierto flickering (e.g., light)
incontenible irrepressible
incorporarse to sit up
indecible inevitable
inerte paralyzed
inesperado unexpected
infeliz unfortunate, unhappy
infundir to instill
ingrato an ungrateful person
ingresar to enter
inigualable unequal
inmiscuir to induce; to lure
inmisericorde unmerciful
inmutarse to lose one's calm
inquieto restless
inquietud (*f.*) restlessness, uneasiness
insensato stupid
insigne celebrated, distinguished
insipidez (*f.*) tastelessness
insoportable unbearable
intentar to attempt
interminable endless
intransitable impassible
inundar to be covered with; to inundate
inútil useless
investigador, -a researcher
invocación mentioning, invoking
ira anger
iracundo (*adj. and adv.*) angry; angrily

jaca nag, pony

jacho (*P.R.*) torch
jardinero gardener
jarra pitcher (e.g., of water)
je (*inter.*) ha
jefe (*m. and f.*) chairman (-woman)
jibarito (*P.R., dim.*) peasant child
jíbaro (*P.R.*) peasant
jijear to giggle
jincho (*P.R., adj.*) fat
jipi, japa Panama straw hat
joder (*vulg., C., Ch., P.R.*) to cheat, to deceive; to have sexual intercourse with, to screw
juego game
juegos (*Ch.*) amusement park rides
juez civil (*m. and f.*) justice of the peace
juguete (*m.*) toy
juh (*inter.*) ha
junto together
jurar to swear
juventud (*f.*) youth

labor (*f.*) professional post; (*Ch.*) cultivated field
labrar to work the land
ladear to incline to one side, to tilt
lado side
ladrido barking
lago lake
lágrima tear
lámina illustration
lamiscón (*Ch., m.*) apple polisher; ass-kisser
languidecer to languish
lánguido faint
lanzar to hurl, to throw; to leave, to depart
largo long
lástima pity
lata can, tin can; tin plate
latido (*p.p. and n.*) beat; pulse
latir to beat (e.g., heart)
lavabo wash basin
lavada (*Ch.*) newly washed clothes
lazada bowknot
lazo knot
lectura reading
lecho bed
lechuza barn owl; owl
lejano distant, far-off
lejos far away, far
lento slow
leña wood
leñador, -a woodcutter
letrado educated
ley (*Ch., f.*) law; (*Ch.*) police; sheriff

lidiar to fight; to put up with; to struggle
ligazón (*f.*) bond, tie
ligero fast; light (*referring to weight*)
linaje (*m.*) lineage
liso smooth
lista roll
listo (*adj.*) ready; smart
listón (*m.*) ribbon
locutor, -a announcer
lodo mud
lograr to achieve; to accomplish; to manage; to succeed
logro accomplishment
lomo loin
lona canvas
lucha struggle
luchador, -a fighter
luchar to fight
luego after; immediately
lugar (*m.*) place, site
lujuriar to copulate

llano (*adj. and n.*) plain
llanto crying, weeping
llevar to wear
llorar to cry
lloroso tearful
llovizna drizzle
lluvia rain water

madrugada dawn
madurez (*f.*) maturity
maestría master's degree
maestro, -a master, teacher
magullado (*p.p. and adj.*) beaten; bruised; tired
mahones (*m.*) blue jeans
mal (*m.*) tribulation
maldad malice, wickedness
maldecido cursed
maldecir to curse
maldito damned; wicked
maleficio spell
maleto (*P.R.*) tricky
malhechor (*m.*) bandit; malefactor
malhumor (*m.*) bad mood
malvado wicked
mami mom
manchado (*p.p. and adj.*) spotted, stained
manchar to stain
mandar to send
mandatario head of government
manejar to drive (e.g., a car); to handle, to fire (e.g., a gun)

manga sleeve
manguera hose
manotazo hand slap
manteca lard
mantenerse to keep oneself; to support oneself
mar (*m. and f.*) sea
marchar to leave
marchito languished; withered
marea tide
mareado (*p.p. and adj.*) dizzy
margen (*m. and f.*) edge
marina navy
marketa (*Ch.*) market
martillar to hammer
martillazo a hammer blow
martillo hammer
mas but
mascullar to mutter
masticar to chew
matar to kill
matricular to enroll
matrimonio married couple
mediante by means of
medio(s) means, resources
medir to measure
mejorar to improve
mejor decir (*Ch.*) rather
meloso extremely sweet
mella dent, nick
mellado (*p.p. and adj.*) bluntness
mendigo beggar
menguante decreasing, waning
mente (*f.*) mind
mentón (*m.*) chin, point of the chin
mequetrefe (*m.*) bum
merecer to deserve, to be worthy of
mero mere, pure, simple
mero (*Ch., adj.*) real
merodear to maraud
mesa (editorial) board
mesquite (*m.*) mesquite (thorny shrub found in the southwestern U.S. and Mexico)
meta goal
metralla shrapnel
mezquino minute, tiny
miedo fear
miel (*f.*) honey
miembro part of the body
miga crumb
migratorio migrating
milagro miracle
mingo cue ball

mirada glance
mirilla peephole; target
mitad (*f.*) middle
mocoso (*adj.*) sniveling
mocoso, -a (*n.*) lively kid
mocho (*Ch., adj.*) broken, unintelligible (in spoken language)
moda fashion, style
modales (*m.*) manners; ways
modo way
mojado (*p.p. and adj.*) wet
mojo (*C., P.R.*) a garnish of chopped parsley and onion with lemon
moma (*P.R.*) mom
mondar to carve; to peel
moneda coin
mono (*C., P.R.*) cute
montar to mount
montón (*m.*) bunch, heap, pile
moraleja lesson, moral
morder to bite
mortero mortar
mortuorio funeral
mosca fly
mota (*P.R.*) blob
muchedumbre (*f.*) crowd; multitude
mudanza move, moving
mudarse to move
mudo speechless
mueca grimace
muelle (*m.*) pier, wharf
muerte (*f.*) death
mujercita (*P.R.*) sissy
muñeca doll
murmurar to murmur; to purl (like water)
muro wall
musaraña insect
musitar to mutter

nacer to be born
nacido (*p.p. and adj.*) born
nadar to swim; to wade
nalga buttock
nana nanny
naranjo orange tree
natal native
natalidad birth
navaja knife; switchblade
navideño pertaining to Christmas
negar to refuse
nene baby, child
nenura babyishness; youthfulness
nicle (*Ch. m.*) nickel
nido nest

niebla fog, mist
niñera nanny
niñez (*f.*) childhood, infancy
nivel (*m.*) level
Nochebuena Christmas Eve
nomás (*Ch.*) just, only
norte (*C., Ch., P.R.*) north; general
  reference to U.S.
notarse to notice
noticia news item
nube (*f.*) cloud
nuevas news
nuez (*f.*) any nut, especially pecans or
  walnuts

obligado (*p.p. and adj.*) compelled
obra literary or construction work
o(b)scuro dark
ocaso sunset
ocultarse to disappear, to hide
ocupado (*p.p. and adj.*) busy
ocuparse to devote oneself to
odio hatred
oficio job, profession
ogro monster
oído inner ear
ojear to eye, to look at
oler to emit an odor, to smell
oliente smelling
olor (*m.*) odor
oloroso fragrant
olvidado (*p.p. and adj.*) forgotten
olvidar to forget
olla pot
onda wave
opaco dirty
orate (*m.*) madman
ordenado (*p.p. and adj.*) tidy
oreja outer ear
orgulloso proud
orilla edge

pagar to pay
paisaje (*m.*) landscape
paja hay; corn shuck
pajitas (*dim.*) straws
palabrota (*aug.*) obscenity
palidecer to turn pale
palito (*dim.*) little stick
paliza beating
palmada applause
palmera palm tree
palmo palm (of hand)
palpar to feel, to touch

palpitar to beat, to palpitate; to pound
panal (*m.*) beehive
pandilla gang
pandillero, -a gang member
pantalla screen
pantanoso swampy
paño felt (*material*)
pañuelo handkerchief; shawl
papel (*m.*) role
papelaje (*Ch., m.*) paperwork
papeleo paperwork
paquete (*m.*) package
parado (*p.p. and adj.*) standing still,
  unoccupied, stopped
paraje (*m.*) place
parar to stop
parecer to look like, to resemble; to seem
parecido (*p.p. and adj.*) similar
pared (*f.*) wall
pareja couple; mate
parido (*p.p. and adj.*) shed
pariente (*m. and f.*) relative
parir to give birth; to shed (e.g., blood)
párpado eyelid
parquear (*C., Ch., P.R.*) to park
parra grapevine
parte (*m.*) bulletin
partida departure
partido game, match (*sports*)
partir to break
pasadizo aisle
pasaje (*m.*) fare
pasajero, -a passenger
pasar to occur; to happen; to spend; to go
  through
pasatiempo amusement; pastime
pase (*m.*) pass, permit; permission
paso passage, way; passing; step
pastilla pill
patada kick
patear to kick
patrón, -a boss; landlord(-lady)
pecho chest
pedazo piece
pegada punch
pegar to beat up; to glue; to hit, to punch,
  to slap
peinado hairdo
peinar(se) to comb (oneself)
pelao (*C., Ch., P.R.*) nobody
pelea fight
peleador fighting
pelear to fight
peligro danger

peligroso   dangerous
pelo   hair
pelona   death
peluca   wig
peludo   hairy
pelusa   fuzz
pellejo   one's life; skin
pellizcar   to pinch
pena   affliction, grief, sorrow
pendejo (*vulg., C., Ch., P.R.*)   bastard; coward; idiot
pender   to hang; to be pending
pendiente (*f.*)   declivity, slope
pensamiento   mind; thought
pensativo   thoughtful
peor   worse
pepilla (*C.*)   teenager
pequeñez (*f.*)   smallness
perder   to lose
perdiciar   to waste
perforar   to make one's eyes bulge, pop out; to pierce
perico   parrot
periodismo   journalism
periodista (*m. and f.*)   journalist, reporter
periquete (*m.*)   jiffy
permanecer   to remain
persignarse   to cross oneself, to make the sign of the cross
personaje (*m.*)   character
pertenencia   possession, property
pertenecer   to belong (to)
pertinaz   constant
pesadez (*f.*)   slowness, sluggishness
pesar   to weigh
peseta (*P.R.*)   quarter (*monetary unit*)
peso   weight
pestaña   eyelash
petate (*m.*)   straw
piar   to peep; to wheeze
pico   beak
piedra   rock
piel (*f.*)   skin
pieza   musical piece
pifiar   to make a miscue (*billiards*)
pilemielda (*vulg., P.R.*)   a nobody; pile of crap
pilón (*m.*)   a solid piece of wood
pintada   made up
piña   pool, billiards
pirulí (*C. Ch., P.R.*)   lollipop
pisar   to step on
piso   floor
pitar   to honk

pito   whistle
pizcador, -a (*Ch., m.*)   picker (e.g., of cotton, fruit)
pizcar (*Ch.*)   to pick
placer (*m.*)   pleasure
plano   level; plain
planta   floor
plata   "bread", cash, money
platicar   to chat, to talk
plazo   installment
pleito   quarrel
pobreza   poverty
pocilga   pigpen
poder (*m.*)   power
poetisa   poetess
polifacético   versatile
polvo   dust
pólvora   gunpowder
pollito (*dim.*)   chicken
pomarrosa   rose apple
poner   to name (someone)
ponerse (a)   to begin (to); to become (ill)
popa   stern
porque (*Ch.*)   so that
porquería   junk
portal (*m.*)   porch
portarse   to act; to behave
portátil   portable
portón (*m.*)   large door
pos (*Ch.*)   well
postal (*f.*)   postcard
postizo   false
postre (*m.*)   dessert
potable   drinkable
potrero   pasture land
pozo   deep hole; grave; well
precursor, -a   forerunner
premio   prize
premura   urgency
prender   to arrest
preocuparse   to worry
presenciar   to witness
presentar(se)   to introduce (oneself)
preso   caught
préstamo   loan
prestar   to lend, to loan
primario   elementary
primor (*m.*)   beauty; excellence
prisa   haste
probar   to taste
proponer   to propose
propósito   purpose
prosapia   ancestry
proscenio   stage

próximo close
prueba test
púa prong
publicitario publicity agent
pueblerino, -a countryfolk, villager
pueblo town, village
puente (*m. and f.*) bridge
puercá (*C., P.R.*) dirty
puerco hog
puerto port
puesto job, position
pujido grunt
pulmón (*m.*) lung
punta nipple
puntiagudo sharp
punzar to perforate
puño fist
pupitre (*m.*) student desk

quebrada (*adj.*) broken; quivering (e.g., voice)
quebrada (*n.*) stream
quedarse to remain, to be left over; to stay
queja complaint
quejarse to complain
quemado (*p.p. and adj.*) burnt; crisp
quemar to burn
querido (*p.p. and adj.*) beloved
quinqué (*m.*) lamp
quitarse to remove, to take off (e.g., clothing)

rabia rage
rabioso mad
rabo tail
racimo bunch, cluster (e.g., of grapes)
radicarse to live; to settle
raído (*p.p. and adj.*) worn out
raíz (*f.*) root
rama branch
ranchería small settlement
raro strange
rascar(se) to scratch (oneself)
rasgar to rip, to tear
rasgo characteristic, feature
rastrillar to heckle; to trace
rastro trace
rato little while, short time
rayo flash
raza collective reference to Hispanics in U.S.; used especially by Chicanos
razonamiento reasoning
real real; royal
recalcar to list; to trace

recámara (pistol) chamber
recapacitar to think carefully
receta prescription
recetar to prescribe
recibidor (*m.*) anteroom
recibirse to get a degree
recién fresh, freshly; recent, recently
recinto compound, place
recio loud
recluir to seclude, to shut up
recobrar to recover
recodo angle, bend, turn
recoger to gather, to pick
recóndito unknown
recordar to recall, to remember, to remind
recorrer to travel
recostarse to lean back (against something)
recreo recess
recuerdo memory
recurso resource
rechazar to reject, to turn down
refunfuñar to grumble
regado (*p.p. and adj.*) sprinkled
regalar to give as a gift
regañar to scold
regar to irrigate; to spread (e.g., gossip)
regla regulation, rule
reglamentario required
regocijo gladness, joy
regresar to return
regreso return
relajar to tease
relampaguear to lighten; to flash (e.g., lightning)
relinchar to whoop for joy
reluciente glittering, shining
relumbrar to sparkle
rellenar to fill up
remar to row
remate (*m.*) conclusion, end, finish
remolante waving in the air
renacer to be born again
renegado (*p.p. and adj.*) gruffy, hostile; miserable
renegar to curse
reno reindeer
renombrado (*p.p. and adj.*) famous, renowned
repartir to distribute, to hand out
repechar to climb up a hill or steep incline
repentino sudden
repicar to ring (e.g., a bell)
reprimir to hold back, to repress
repuesto (*p.p. and adj.*) recovered

resguardado (*p.p. and adj.*) protected
resorte (*m.*) force
respingado (*p.p. and adj.*) turned up (e.g., nose)
respuesta answer
restallante crackling
restallar to break (*billiards*); to clack
resto trace
resuelto (*p.p. and adj.*) resolute
resultar to turn out
retirarse to be absent; to take leave; to withdraw
retratar to portray; to be reflected
retrato picture
reunirse to get together, to reunite
reventar to burst, to split open
reverbero alcoholic stove
revista journal, magazine
revoltoso turbulent, whirling
revuelto (*p.p. and adj.*) unruly
rey (*m.*) king
reyada (*P.R.*) Three Wise Men
rezar to pray
rezongar to grumble
rienda rein
rifar to raffle
rijoso belligerent, quarrelsome
rincón (*m.*) corner
rinche (*Ch., m.*) Texas Ranger
ripio piece
risa laughter
risita (*dim.*) giggle
risotada laughter; loud laugh
rociar to sprinkle
rodante swivel
rodeado (*p.p. and adj.*) surrounded
rodear to encircle, to surround; to put around (e.g., neck)
roído (*p.p. and adj.*) eaten; gnawed
rojiblanco red and white
rollizo stubby
romper(se) to break (up)
rondar to court
rosal (*m.*) rose bush
rostro face
roto (*p.p. and adj.*) broken
rudo rough
ruido noise
rumbo direction; way
rumbos parts (e.g., of the world)

saborear to enjoy, to relish
sacar to take out
sacudir to shake

salchicha sausage
salida departure, exit
salirse to elope
salivita (*P.R., dim.*) sneaky one
salón (*m.*) room
salud (*f.*) health
saludo greeting
salvaguardarse to do something for good luck
salvar to save
sangrante bloody
sangre (*f.*) blood
sartén (*f.*) skillet
sastre (*m.*) tailor
secar to dry
seco dried, dry
seguir to follow
según according to
seguridad security
seguro sure
sellado (*p.p. and adj.*) closed, sealed
semáforo stop light, traffic light
sembrar to plant; to seed, to sow
semidesnudo half-naked
seno bosom
senos breasts
señalar to mark
sequecito (*dim.*) driest
sequía drought
serpertina confetti, streamer
sien (*f.*) temple
significado meaning
silbar to whistle
simpático nice
sintonizar to tune in
sinvergüenza (*m. and f.*) rascal, scoundrel, shameless one
siquiera at least
sobermejo reddish; dark vermilion
sobre above; around
sobrecoger to surprise
sobrecogido (*p.p. and adj.*) overwhelmed
sobrenadar to float
sobrepasar to surpass
sobresaltado (*p.p. and adj.*) startled
sobresaltarse to be (get) startled
sobresalto sudden assault
sobrevivir to outlive, to survive
sobrio sober
socarrón cunning, sly
soga rope
solapa lapel
solar (*m.*) patio; yard
soledad lonely place; loneliness; solitude

soler to be accustomed to
solitario lonesome
solito (*dim.*) all alone
soltar to cast (off, out); to turn loose
sollozante sobbing
sombra shadow
sombría gloomy, somber
sonreír to smile
sonriente smiling
sonrisa smile
soñar to dream
sopa soup
sopa larga (*P.R.*) codfish soup
soplar to blow
sorbo sip
sordo deaf
soyozar (*Ch.*) to sob
suave gentle; slick, sneaky
suavidad smoothness
súbito sudden
suceso event
sudado (*p.p. and adj.*) sweaty
sudar to sweat
sudor (*m.*) sweat
suegra mother-in-law
sueldo salary
suelo floor
suelto loose
sueño dream
sugerencia suggestion
sujetar to hold on to; to keep
sumergir to sink
sumido (*p.p. and adj.*) sunken
sumo great, supreme
superficie (*f.*) surface
supervivencia survival
súplica plea
suplicar to ask; to beg
surco furrow
suspicacia distrust
suspiro sigh
susto fright
susurrar to whisper

tabacal (*m.*) tobacco plantation
tabique (*m.*) partition
tabla wooden board
tabonuco (*P.R.*) resin
tacazo a blow with cue stick; shot (*billiards*)
taco cue stick; heel
taconeo clicking of heels
tajar to chop
talante (*m.*) appearance

talón (*m.*) heel
tallado (*p.p. and adj.*) carved
talle (*m.*) waist
tallo bud; shoot; stalk
tamaño great, significant
tanda round, turn, rotation (*billiards*)
tanque (*P.R., m.*) puddle
tanto (*n.*) point
tapado (*p.p. and adj.*) covered
tapar to cover; to hide
taquera rack or stand for cue sticks
  (*billiards*)
tardar to be late
tarde (*adv.*) late
tarea task
tartajear to mumble, to stammer, to stutter
taza cup
tazona (*aug.*) large cup
teclado keyboard
techo roof, roof top
tejido (*n.*) tissue
tejido (*p.p. and adj.*) woven
telaraña cobweb
temblar to tremble
tembluzco shaky
temer to fear
temible feared
temor (*m.*) fear
temporada season
temporal (*m.*) storm
temprano early
tenaz tenacious
tender to stretch out
tendido (*p.p. and adj.*) stretched out
tendido, -a deceased one
tentar to touch
tenue dim, faint
terciado (*p.p. and adj.*) slanting, tilted
terciar to take part
ternura tenderness
terrateniente (*m. and f.*) landholder,
  landowner
terremoto earthquake
terreno plot of land; sphere of action
tierrita (*dim.*) small piece of land
tieso stiff
tijera folding (e.g., chair)
timbre (*m.*) doorbell
timidez (*f.*) bashfulness
tintineo clinking
tirar to drive; to throw
tiro shot
titubeo hesitation
titularse to be about; to be entitled

tocar to knock; to play (a musical instrument); to touch; to toll (e.g., a bell)
tojosa a type of a pigeon in Cuba
tomar to drink; to take
tontería nonsense
tonto stupid
torcer to bend, to twist
torcido (*p.p. and adj.*) crooked, twisted
tornar to return
tos (*f.*) cough
toser to cough
trabajo job
tragarse to swallow
trago drink, swallow
traicionar to betray
traicionero betraying
trajín (*m.*) chore
trama plot
trámite (*m.*) procedure, step
trampa trick, (*Ch.*) death hole
tramposo (*adj.*) deceitful, sneaky, tricky
tramposo, -a (*n.*) cheater
transcurrido (*p.p. and adj.*) elapsed
transcurrir to elapse (time)
trapo rag
tras after
trasechar to ensnare
trasladar to move, to transfer
traste (*Ch., m.*) dish
trato trade
tregua rest
tremolar to wave
triángulo rack (*billiards*)
trineo sled
tristeza sadness
triturar to crush
troca (*Ch.*) pickup truck; truck
tronar to explode; to thunder
tronera pool table pocket
tronido popping; thunder
troquero (*Ch.*) trucker
trovador (*m.*) minstrel
trozo piece
trueno thunder
truncar to mutilate
tullido (*p.p. and adj.*) crippled
tumulto crowd
turbarse to get confused

uemba (*C.*) spell
ufano cheerful; conceited
último latest
umbral (*m.*) doorstep; threshold
uña (finger) nail

usado (*p.p. and adj.*) used
útil useful
uva grape

vacilar to waver
vacío empty
vaivén (*m.*) swing
valer to be worth
valor courage
varón male
vasca (*Ch.*) morning sickness
vecindad neighborhood
vecino, -a (*n.*) neighbor
vecino (*adj.*) neighboring
vejez (*f.*) old age
velar to keep vigil (e.g., over a dead person); to mourn
velorio wake, vigil (over a dead person)
veloz swift
vellón (*P.R., m.*) nickel
vencer to conquer; to win
veneno poison
ventaja advantage
verdadero real, true
verdoso greenish
vergüenza shame
vestido dress
viajante (*m. and f.*) traveler
viaje (*m.*) trip
vicioso, -a drug addict
vidrio glass
viejo, -a old man (woman); (*C., Ch., P.R.*) darling, husband (wife)
viento wind
viña vineyard
virar to turn toward something or someone
Virgen Santa Blessed Virgin Mary
víspera eve; day before; end
vista eyesight, vision; view
vistazo glance
vítor (*m.*) cheer
vitrina show case, show window
viuda widow
viva cheer
vivienda dwelling, house
vivo wise
vocablo word
volante (*m.*) steering wheel
volar(se) to fly (away); to disappear
voltear (*Ch.*) to turn around
vuelo flight
vuelta revolution (of a wheel); turn

yacer to be lying down

yagrumo (*P.R.*)   elm tree
yagua (*C., P.R.*)   fibrous tissue on upper
 part of royal palm tree, used for thatching
 and in hat and rope making; in Puerto
 Rico, a yagua palm
yarda (*Ch., P.R.*)   yard

yeso   gypsum; plaster

zarandear   to shake; to stir and wave nimbly
zorra   fox
zumbido   buzzing